KB061225

내가 아는 모든 계절은
당신이 알려주었다

내가 아는 모든 계절은 당신이 알려주었다

정우성 에세이

한겨레출판

차례

1부

지금 내 곁에 있는 사람 ————

당신과 나누는 대화만은

2부

느닷없는 이별

나는 그렇게나 혼자였는데

3부

다시, 우리의 연애

당신이 보고 싶어서, 그렇다고 말했다

1부

지금 내 곁에 있는 사람

당신과 나누는 대화만은

내가 사랑하는 사람이 당신이라서

나를 사랑하는 사람이 당신이라서

다행이라고 말하며 우리는 한참을 웃었다.

너무 흔해서 부끄러운 말.

좋았지만 민망한 말.

하지만 이제는 안다.

모든 진심은 이렇게 흔한 말 속에 있다.

사랑은 간청해선 안 됩니다

정말, 돌이켜보면 늘 그랬다.

늘 느닷없었다. 어쩌면 순간이었다. 마음은 갑자기 생겼다가 내내 어쩔 줄 모르게 만들었다. 만날 때마다 몇 가지 단어들이 한꺼번에 떠올랐다. 머리가 좀 복잡해졌다. "반했다"와 "좋아한다" 사이에는 어떤 차이가 있을까? 지금은 반한 걸까, 좋아하는 걸까? "좋아합니다"와 "사귀어주세요"라는 말은 또 얼마나 다를까?

"좋아합니다"라고 말했는데, "저는 아닌데요"라는 대답을 들었을 때의 마음은 또 어떨까? 몇 번을 다시 생각해도 "사귄다"는 말에는 익숙해지지 않았다. 관계와 단어 사이의 거리가 너무너무 멀어 보였다. 관계는 흐르는데 단어는 자르는 것 같았다. 이런 생각으로 머리가 복잡해진다는 건 아주 명백하게 부정적인 신호였다. 그 관계는 이뤄지지 않는다는 뜻이었다.

좋았던 관계는 생각할 겨를도 없이 이뤄졌다. 마음은 계산할 틈도 없이 통했다. 고민은 잘 안될 사이에서만 주로 생겼다. 이건 아주 개인적인 통계, 마음과 머리가 들려주는 정직한 조언이었다. 내가 누군가를 크게 좋아하는 마음이 상대의 마음을 움직일 수 있는 건 아니라는 뜻이다. 사랑을 둘러싼 거의 모든 괴로움이 이 괴리에서 왔다.

시작은 작고 세세한 호감이었을 것이다. 경쾌한 걸음걸이, 곤란함을 돌파하는 태도, 수저를 다루는 기품 같은 것들. 그 결과치가 쌓이고 쌓여서 결국 거대해진 마음이었다. 커진 마음은 곧 관대해졌다. '이런 점은 좋고 저런 점을 별로'라고 생각할 수 있는 단계를 무심하게 지나버렸다. 이성이 희미해졌다는 뜻이다. 다시 머리가 복잡해졌다. 이 감정의 정체를 조금 더 상세히 알고 싶었다.

친구는 말했다.

"복잡할 거 없어. 그냥 좋은 거지 뭐. 좋아한다고 말해. 데이트하자고 해."

"거절당하면?"

"어쩔 수 없지, 뭐."

과연 옳은 말. 관계의 시작과 마무리가 저 안에 다 있었다. 하지만 어쩐지 주저하고 있었다. 이런 마음이야 몇 번이고 왔다 가는 거니까. 스스로를 믿을 수 없기도 했다. 괜히 거절당하고 싶지 않았다. 행동에는 확신이 필요했다.

초여름 혹은 늦봄의 밤. 아마 6월이었다. 그날의 온도가 아직 생생하다. 근처에 왔다는 연락이었는지, 뭘 빌려주러 나가던 길이었는지는 분명치 않다. 예정에 없던 만남이었다. 너무 바빠서 분초를 다투는 와중이었다. 하지만 메시지를 받고 로비로 내려가는 엘리베이터에서, 내 머릿속에 갑자기 예쁜 공원이 생긴 것 같았다. 사무실에서 받던 스트레스, 거기서 쓰던 원고의 실마리 같은 건 다 사라진 공백이었다. 한적하고 산뜻한 마음으로 흰색

강아지처럼 그랬다. 아주 잠깐이라도 같이 있고 싶었다.

"아이스크림 먹을래요? 커피?"

역시, 돌이켜보면 느닷없었다. 우린 그럴 사이가 아니었다. 용건을 마치고 건조하게 돌아서는 게 어울리는 사이였다. 그래서 들은 대답은 완곡한 거절이었다.

"괜찮아요. 오늘 커피를 너무 많이 마셨어요. 지금 좀 서늘하기도 하고."

"그럼 버스? 잠깐 정류장까지 걸을까요?"

"네! 좋아요."

마음을 다 빼앗긴 상태에선 아주 작은 긍정도 기뻤다. 순간의 표정에도 의미를 부여하게 됐다. 그 표정이 미소에 가까웠는지 웃음에 가까웠는지, 어쨌든 그냥 예의는 아니었는지를 몇 번이고 곱씹기도 했다. 그러니 누굴 혼자서 좋아한다는 건 대체로 피곤하고 고된 마음이다. 다시 한 번 강조하지만, 사소하게 의미를 부여하면서 셈이 늘어간다는 건 아주 부정적인 신호였다. 냉정한 망조였다.

그날의 기억은 지나치게 서정적이었다. 6월의 밤공

기, 머리카락, 갑자기 좋은 냄새, 옆모습, 맨살의 풍경들이 도장처럼 찍혀버렸다. 순정만화 같은 풍경, 휩쓸려버린 마음이었다. 고백했고, 거절당했다. 소설 ≪데미안≫에는 이런 구절이 있었다.

"사랑은 간청해서는 안 돼요. 강요해서도 안 됩니다. 사랑은, 그 자체 안에서 확신에 이르는 힘을 가져야 합니다. 그러면 사랑은 더 이상 끌림을 당하는 것이 아니라 스스로 끕니다."

지나고 보면 담백해지는 것만이 중요했다. 산책은 산책일 뿐이라서, 그 짧은 시간의 모든 자극에 마음을 다 빼앗겼다 해도. 혼자서 부풀린 마음은 혼자만의 것이라는 걸 그땐 몰랐다. 모든 고백이 선물은 아니니까. 적잖이 당황했다는 얘기는 나중에 들었다.

"싫지 않았어요. 그렇게 얘기해줬을 때 나, 좋았던 것 같아요. 근데 이래도 괜찮을까, 하는 생각은 했어요. 괜찮은 관계일까."

좋은 관계에 조건이라는 게 있다면 그건 '평화'일 거라고 자주 생각한다. 가만히 흐르는 강처럼 자연스럽고 혼자 있는 일요일 오후처럼 밋밋한 사이. 이런저런 계산으로 복잡하지 않고 자연스럽게 대화하거나 침묵할 수 있는 관계. 간혹 '권태'라는 단어를 발견하는 주말에는 그저 맛있는 저녁을 같이 만들어 먹는 식으로 다시 웃는 시간 같은 것.

하지만 나는 내일도 흔들리겠지. 이러다 갑자기 만나는 서정적인 밤, 혼자서 속절없이 휩쓸리겠지.

다시 거대해지는 마음을 바라보면서 "모든 사랑이 시작부터 평화로운 건 아니잖아?" 다시 한 번 고백하겠지.

내게 예쁜 말을 하는 사람

좋은 대화를 나눌 수 있는 사람과는
좋은 침묵도 나눠가질 수 있다.

처음 같이 점심을 먹었던 그날, 우리는 조금 더 가까워진 것 같았다. 어떤 타이밍에 웃는지, 멋쩍을 땐 어떤 표정을 짓는지, 천천히 걸을 땐 어느 정도의 속도인지를 가늠할 수 있었던 오후. 그 시간이 서로에게 좋게 느껴졌던 건 그야말로 작은 기적 같았다. 다음에 또 보고 싶은 마음이 든다는 건 거의 믿어지지 않아서 혼란스러웠다. 이렇게 좋은 사람을 다시 만날 수 있으리라는 기대 자체가 사라져 있던 때였다. 막연한 호기심과 확신 사이, 관계에 대한 모든 냉소와 허무가 천천히 녹는 것 같았다.

누군가와 가까워지는 데에는 달콤한 순서 같은 게 있었다. 괜히 주고받는 메시지, 의도가 또렷하지 않은 질문과 대답, 그래도 끊어지지 않는 대화의 달콤함 같은 것들. 상대의 마음은 알 수 없지만 내 마음에 대해선 정확히 알 수 있었다. 딱 한 사람에게만 나도 모르게 관대해졌다. 목적이 명확하지 않은 대화 자체에 인색한 성격, 일상적인 대화조차 최대한 짧고 효율적으로 하려는 결벽도 점점 흐릿해졌다.

그럴 땐 가벼운 안부를 묻기 위한 메시지에서도 엄연한 즐거움을 느꼈다. 괜히 보내는 메시지야말로 메시지의 근본이자 존재 이유라고 생각했다. 트위터에서 본 웃긴 사진을 공유하는 순간에도 아주 중요한 태도가 숨어 있다고 믿었다. 그 사진을 같이 보면서 나중에 나눌 대화에 대해 생각했다. 괜히 혼자 웃는 횟수가 천천히 늘었다. 그 사람의 다양한 표정을 떠올리면서 너무 귀엽다고 생각하는 순간도 천천히 늘기 시작했다. 가까운 친구들로부터 "너 무슨 좋은 일 있어?" 같은 질문을 자주 받을 즈음이었다.

물론, 가까워진다고 다 좋은 건 아니었다. 어쩌다 하룻밤을 같이 보냈다고 관계가 시작되는 것도 아니었다. 마음의 거리가 가까워진다는 건, 그때부터 서로의 단점을 마주할 준비가 필요하다는 뜻이기도 했다. 그게 관계의 함정이었다. 좋을 줄 알았던 사람이 갑자기 싫어지고, 아무 문제도 없을 것 같았던 친구와의 관계에 갑자기 진력이 났을 땐 거리감 조절에 실패한 경우가 많았다. 기대하면 안 되는 사람에게 했던 기대, 보여선 안 되는 사람에게 보였던 마음의 대가는 그대로 상처로 남았다.

실제로는 나눈 적도 없는, 상상 속의 대화조차 스트레스의 근원으로 작용하기 시작할 땐 가만히 있어도 대련하는 것 같았다. 더 효율적으로 상대를 모욕할 수 있는 말, 최대한 모진 말, 영원히 잊을 수 없는 상처를 주기 위해 좀 더 날카로운 언어를 고안하는 피곤한 날들이 의미도 없이 이어지고 있었다. 모든 관계는 결국 말과 대화로 지은 집이었는데, 그걸 모르는 사람은 상처 입을 게 분명한 말을 해놓고 '농담인데 왜 심각하게 그래?' 같은 말로 받아치곤 했다. 그런 사람과는 더 이상 어떤 관계도 유지하지 않는 편이 좋았다.

둘이서 주고받는 농담이 유난히 좋았던 사이는 그 모든 웃음이 딱 한 번 눈물로 바뀌었을 때 끝났다. 관계도 농담 같았다. 그토록 가벼웠던 관계에 약간의 질량이 생기는 순간 부담으로 깨진 것이었다. 선의의 농담이 유해했던 적은 없었으나, 농담만 있던 관계는 한없이 가볍기만 했다. 슬픔조차 우스워지는 것 같았다.

우리 사이에 대화가 늘어가기 시작했을 때, "나는 당신이 말을 예쁘게 해서 좋아요" 같은 말을 주고받을 수 있어서 마음이 놓였다. 우리가 유난히 예쁜 말을 골라 하는 사람이라서가 아니었다. 그런 말만이 상대에게 '말을 예쁘게 하는 사람'이라는 정체성을 선물할 수 있기 때문이었다. 대화가 예쁜 관계는 그대로 크고 단단한 성이었다. 기초가 단단하면 보수도 어렵지 않았다. 우리는 가능한 예쁜 말로 오래오래 대화하는 사이가 되고 싶었다.

몇 번의 식사와 몇 번의 산책, 조금은 취해도 괜찮았던 밤과 몇 개의 아침이 지나갔다. 대화는 점점 더 풍성해지고 있었다. 갑자기 떠오른 말, 어떻게 하면 좋을지

망설였던 말, 지금 하고 있는 고민과 걱정과 괴로움에 대해서도 숨김없이 나눴다. 깊이 있는 대화가 필요할 땐 피하지 않았다. 둘이서만 웃을 수 있는 농담의 스타일도 점점 늘어가기 시작했다. 대화가 즐거우니까 필요한 게 별로 없었다. 다른 도시로의 여행? 비싸고 좋은 물건? 그런 건 언제라도 가질 수 있었다. 지금 나누는 대화는 지금이 아니면 음미할 수 없는 풍경 같았다.

말이 통하는 사람과는 침묵도 어색하지 않았다. 맞은편에 앉아서 책을 읽는 표정을 바라보다가, 얼마나 웃긴 문장을 읽었는지 갑자기 터지는 웃음을 보면서 참 귀엽다고 생각하는 일. 너무 많이 웃어서 빨개진 얼굴로 눈에는 눈물까지 고인 채 "아 너무 웃겨요, 당신 바쁘지 않으면 여기만 좀 읽어봐요" 말하면서 보여주는 페이지를 꼼꼼히 읽는 순간도 하나둘씩 소중해졌다.

이제 사랑이나 연인, 관계와 연애에 대한 아름다운 이야기 같은 건 잘 믿지 않는다. 영원한 것에 대한 기대, 마냥 행복한 사랑에 대한 전망도 일찌감치 버려두었다.

하지만 대화만은 하루하루 소중해졌다. 같은 공간

에서 다른 일로 시간을 보내는 우리를 발견할 때도, 그게 전혀 부담스럽지 않을 때도 새삼스럽게 가슴이 뛰기 시작했다. 좋은 대화를 나눌 수 있다는 사실만으로 이런 세상을 버텨낼 수는 없겠지만, 그런 대화 없이 버텨낼 수 있는 세상도 없을 테니까.

대화야말로 관계의 시작이자 끝. 지금 우리 사이를 가득 채운 감정의 정수였다.

—

당신이 돌아가고 혼자 남은 밤에는
고요가 버겁지 않았다.
언제까지라도 좋을 것 같다고
오늘 오후의 또렷한 눈을 떠올리면서 생각했다.

내가 아는 모든 평화는 당신이 알려주었다.

—

일단 잠을 좀 자야 해요

—

낮잠도 못 자는 성격, 웬만해선 쉬지 못했다.
그럴 때 곁에 있었던 사람이.

—

시간과 효율에 대한 강박이 심했다. 24시간 안에 최대한 많은 일을 마무리하는 데 모든 신경을 쓰면서 집착했다. 학생이었을 땐 하루에 다 할 수 없는 단위의 일을 가까스로 처리해놓고 집에 돌아가는 버스 안에서 혼자 뿌듯해했다. 머리는 창문에 기대고, 어떤 음악을 듣고 있었는지도 잊은 채 잠들었다 종점에서 내리곤 했다.

할 일은 항상 있었다. 하고 싶은 일도 너무 많았다. 읽고 싶은 책과 듣고 싶은 음악, 만나고 싶은 사람과 가고 싶은 도시도 너무 많았다. 나를 움직이는 가장 큰 동력은 호기심이었다. 어떤 마음의 상태가 나를 죽일 수 있다면, 그 역시 호기심일 거라고 생각하면서 혼자 두려워하기도 했다.

하지만 눈 뜨고 있는 시간 내내 극도로 예민해야 했다. 피로가 쌓이면 쌓일수록 몰아세웠다. 하루에 4시간만 자면 괜찮다고 여겼다. 5시간이면 충분했다. 스스로를 혹사시키는 패턴 안에서 쾌감을 찾았다. 바늘 같은 공격성으로 겨우 버티는 하루였는데, 그 바늘로 찌르는 건 온통 나 자신이었다.

지금까지 어떤 패턴으로 살아왔는지에 대해 이야기할 때마다 당신은 '어떻게 그럴 수 있느냐'는 표정으로 침착하게 말했다.

"다 좋은데. 당신은 이제 잠을 좀 자야 할 것 같아요. 오늘은 1시에 자요. 딱 7시간 자고 8시에 일어나는 거야. 신기하지 않아요? 7시간이나 자도 8시밖에 안 돼요. 일은 그때부터 또 하면 되죠. 맑은 정신으로."

간섭하는 목소리를 좋아한 적이 없는데, 바짝 조인 현악기 같은 밤에도 나를 이완시키는 힘이 있는 목소리였다. 달콤하거나 부드럽다거나 하는 차원이 아니었다. 차분하게 이끄는 소리였다. 스트레스로 터질 것 같은 하루의 끝이라도 몇 분의 전화 통화면 괜찮아졌다. 나는 느슨해진 마음으로 기꺼이 잠들 수 있었다. 내가 마음을 열어서였을까? 당신이 원래 가진 힘이었을까? 우리가 같이 있을 때만 누릴 수 있는 마법일까? 한 번도 꺾인 적 없는 고집이 부드럽게 휘고 있었다.

"잠은 배신하지 않는다고 했어. 당신 지금 못 자는 잠도 다 빚처럼 쌓이는 거예요. 싫잖아, 빚지는 거."

당신의 목소리가 나를 재우고… 필요한 만큼 푹 잘 때 느끼던 죄책감도 천천히 사라졌다. 잠이 충분하니까 생활이 달라지기 시작했다. 일단 정신이 맑아졌다. 훨씬 높은 집중력으로 더 많은 일을 할 수 있게 되었다. 웬만한 일은 낮에 다 처리하니까 저녁에 여유가 생겼다. 습관같이 하던 야근도 천천히 줄어들었다. 시간과 몸에 여유가 생기니 마음에도 빈칸이 늘었다. 관계가 습관을 바꾸고 있었다. 바르고 여유 있게, 조금 더 평화로운 방향으로. 당신은 말했다.

"저녁 땐 원래 하고 싶었던 일을 해요. 좋아하는 일. 책도 보고 음악도 듣고. 나는 평일에 데이트하는 거 별로 안 좋아해. 다음 날 아침에 좀 쫓기는 것 같아서. 그러니까 우린 주말에만 만나요. 맛있는 거 먹으러 가요."

그렇게 만난 주말에는 아무것도 서두르고 싶지 않았다. 모자라서 채우고 싶은 마음도, 느리니까 서두르고 싶은 마음도 없어졌다. 만나지 않는다고 함께이지 않은 건 아니니까, 평일엔 따로 떨어져서 내내 그리워하면서도 외롭지 않았다. 대신 혼자 할 수 있는 온갖 좋은 일들로 가득 채웠다.

"괜찮아. 그렇게까지 안 해도 돼요. 지금까지 충분히 열심히 했잖아. 오늘 못 한 건 내일 하면 돼요. 나랑 같이 해. 다 할 수 있어요."

별 의도도 이유도 없이 나를 쥐고 흔드는 사람, 내내 불안한 마음을 거둘 수 없게 만드는 사랑도 있었다. 하지만 좋은 사람과 같이 있을 땐 삶이 편평해지는 것 같았다. 당신의 말을 기꺼이 듣는 시간도, 조금씩 변하는 나를 느끼는 것도 퍽 마음에 들었다. 내가 조금씩 연해지는 순간들이 그렇게 모여서 평온한 힘이 되고 있었다.

이렇게 서서히 정돈되는 시간. 마침내 우리의 연애였다.

아니, 아무 데도 안 갈 거예요

당신이 없던 때의 나와 지금의 나는 얼마나 같고,
또 얼마나 다를까?
그때 나를 둘러싸고 있던 불안과 외로움은 다 어디 갔을까?

세상엔 둘이서만 채울 수 있는 마음이라는 게 있다. 가장 좋은 건 결국 일상이었다. 환절기에 느끼는 서울의 낮과 밤, 옥상에서 느끼는 바람, 같이 먹는 밥, 해 질 무렵 변하기 시작하는 온도와 색깔 같은 것들…. 지난 추석 연휴엔 이런 대화를 나눴다.

"연휴에 어디 가요? 많이들 나가던데."

"아니, 아무 데도 안 갈 거예요. 당신은?"

"나도. 당일만 가족이랑 같이 있어요."

"그럼 이번 주말에는 우리 같이 있을까? 일단 만나요.

같이 있다가 생각나는 일. 그때 하고 싶은 걸 하자."

언제부터였지? 만나기로 한 날도 거창한 계획은 세우지 않게 됐다. 당신을 만나면 별거 아닌 일을 하고 싶어졌다. 가끔은 아무것도 하고 싶지 않았다. 해가 지면서 거실 벽에 비치는 노을색이 변하는 걸 어두해질 때까지, 나란히 누워서 보고 싶었다. 그러다 문득 배가 고파지는 시간, 스탠드를 켜지 않으면 아무것도 보이지 않게 됐을 때도 서로가 곁에 있었으면 했다.

당신을 만나기 전, "이렇게 답답한 적이 없었다" 같은 문장으로 시작하는 일기를 유난히 많이 쓰던 때가 있었다. 마음속에 불안이 너무 많던 시기였다. 친구한테는 이런 얘기를 자주 했다.

"그러니까, 거대한 거인이 한국에 살고 있는 사람들 목을 한 명 한 명 조르고 있는 거야. 아주 천천히, 꾸우욱 쥐고 있는데 아무도 모르는 거야. 형태가 없으니까 싸울 수도 없어. 기체로 된 거인이거든."

그래도 같이 살아남자고 다짐하면서 술을 마셨다.

평화를 바라는 것마저 욕심 같아서, 담백하게 생존을 약속하던 밤이 몇 번의 연말을 가득 채웠다.

시간은 웃을 때 가장 빨리 흘렀다. 이제 밤인가 싶더니 곧 새벽이었다. 눈뜨면 이미 오후였다. 너무 많은 밤을 그렇게 끝냈다. 곁에 있던 사람들은 다 사라진 시간. 나는 막연히 혼자였다.

그래도 외로움을 몰랐다. 집 안을 가득 채운 적막, 눕거나 앉아도 신경 쓸 필요 없는 편의마저 선물 같았다. 평일에는 듣기 싫은 소리를 그렇게 많이 듣고, 보기 싫은 얼굴도 그렇게 많이 봤으니까 누릴 수 있는 상이라고 생각하기도 했다. 큰 소리로 노래를 부르거나 괜히 피아노를 치면서도 혼자니까 의연하다고 믿었다.

그 모든 시간이 사실 다 외로움이었는데, 내 마음은 몇 번이나 바닥을 치고 있었다는 걸 몇 년이 지나서야 알았다. 어제는 문득 말했다.

"있잖아, 내가 외로운 거 잘 모르는 성격이라고 했잖아요? 추운 것도 더운 것도 잘 모르는 것처럼. 그런데 실은 옛날에 되게 외로웠다는 걸 오늘 문득 알았다?"

당신은 웃으면서 물었다.

"어떻게 알았어요?"

"지금 당신이 내 옆에 있잖아? 그래서 알게 됐어."

"…그거 너무 좋은 말이다. 그렇죠?"

그때의 나와 지금의 나는 얼마나 같고 또 얼마나 다를까? 한국은 달라지지 않았다. 여전히 꾸우욱, 누가 목덜미를 천천히 쥐고 놓아주지 않는 것 같은 느낌으로 하루하루 싸우듯 살아남는다. 집에서는 시계를 보지 않고, TV 대신 라디오를 종일 틀어둔다. 그때 듣던 목소리를 지금도 듣고, 그때 처음 들었던 어떤 교향곡의 멜로디는 지금 가요처럼 따라 부른다. 주말엔 1시간의 재즈를 기다린다. 어쩌면 아무것도 달라지지 않았지만.

누군가와 온전히 같이 있다는 안정감. 그 속에서 새롭게 발견하는 것들이 있다. 당시엔 인정할 수 없었던 감정과 상태들이 과거를 돌이킬 때마다 고개를 들었다. 스스로에게 참 무심했던 시간들, 그 시절의 나를 하나하나 안아주고 싶어졌다.

그러니 아무 데도 가고 싶지 않았다. 긴 휴일이 예정돼 있을 때도, 다들 어딘가로 떠나고 싶어할 때도 당신이 있어서 마음이 들뜨지 않았다.

보고 싶은 사람을 볼 수 있는 도시에, 그저 당신과 가까운 곳에 있고 싶었다.

그래도 괜찮다고 말해주는 목소리

너무 깊이 빠질 것 같았던 날.
아주 쉽게, 어떤 의도도 없이 나를 꼭 잡아주는 목소리가 있었다.

눈을 떴을 땐 이미 밤 같았다. 저녁 7시 반 즈음이었는데 마음은 밤 11시였다. 하루가 다 끝나 있었다. 식욕은 없었지만 먹지 않으면 안 되는 시간. 싱겁게 밥을 차리면서 어제에 대해 생각했다.

우리는 종일 같이 있었다. 사소한 약속을 많이도 했다. 그렇게 많이 웃으면서 그렇게 오래 같이 있었는데도 내내 아쉬워했다. 말없이 응시하는 시간, 머지않은 미래에 대한 생각을 공유할 때마다 벅찬 듯 달라지던 눈빛. 둘이 있을 때는 그렇게 괜찮았는데, 혼자 있는 일요일이라고 이렇게까지 가라앉을 수 있나? 우리는 헤어진 것도 아닌데.

이제 어른이 됐다고 생각한 적도 없지만, 갑자기 더 미숙한 사람이 된 것 같은 저녁이었다. 내가 누워 있던 소파에는 배신감이 덕지덕지 붙어 있었다. 혼자여도 괜찮은, 혼자라서 더 좋은 사람이 되려고 갖은 애를 썼던 지난 모든 시간이 허무해서였다. 내가 먼지나 빛처럼 느껴질 때는 그 상태에서 벗어나려고 억지를 부린 적이 없었다. 그건 노력으로 되는 일이 아니었다. 그런 감정 때문에 괴로워하지 않았다는 뜻이다. 대신 받아들였다.

'나는 혼자 있는 먼지야. 나는 흩어지는 빛이야.'

그러니까 흩어지고 사라지고 산란하는 게 자연스럽다고 생각했다. 그래도 괜찮은 사람이 되려고 했다. 그래야 마음이 편했다. 그래서 살 수 있었다. 생존을 위한 선택, 겨우 쟁취한 균형이자 평화였다. 너무 자주 혼자인 사람은 혼자인 채 괜찮아야 하니까. 영원한 관계도, 필요할 때마다 같이 있어줄 수 있는 사람도 세상에는 없기 때문이었다.

누구에게나 권할 수 있는 모범적인 방법부터 아무한테도 말할 수 없는 비밀스럽고 추상적인 방법까지. 순간을 넘기는 비법부터 꽤 오래 지속할 수 있는 태도까지. 혼자지만 괜찮아질 수 있는 방법도 여럿 알고 있었다. 하지만 이번엔 좀 다른 것 같았다. '나는 원래 혼자'라는 개념부터 흔들리고 있었다. 나는 더 이상 혼자가 아닌 것 같았다. 그래서 의지하고 싶어 하는 것 같았다. 지금까지 익숙하게 지켜온 삶의 방식이 뿌리부터 흔들리고 있다는 뜻이었다. 그 사람과 어제 주고받은 것들의 존재가, 혼자라서 괜찮았던 나 자신의 존재보다 조금 더 커진 것 같아서 당황스러웠다.

"당신은 좀 더 칭얼댈 필요가 있는 것 같아. 그래도 괜찮아요."

그 사람이 평소보다 침착한 눈빛으로 자주 하는 말에 대해 생각했다. 나는 말했다.

"그래요? 나 많이 칭얼대는 것 같은데?"

"아니. 당신은 그런 얘기 잘 안 해. 늘 혼자 참잖아. 괜찮아요. 좀 기대도 돼. 나 그런 거 좋아해."

우리가 몇 번인가 나눈 대화에 대해 생각하면서 몸을 일으켰다. 시원한 물을 따라 마시고, 고민도 없이 전화를 걸었다. 우리가 따로 보낸 하루에 대해 이야기하다가 오늘 나를 괴롭혔던 기분에 대해서도 말했다.

"나 오늘 기분이 이상했어."

"왜?"

"몰라 외로웠어요."

어렵게 꺼낸 말이 끝나는 순간 내가 들었던 웃음소리를 어떻게 쓰면 좋을까? "까르륵"이었을까? "하하핫!"에 가까운 소리였나? 그 사람이 웃으면서 내는 높고 쾌활한 소리가 내 깊고 우울한 하루를 웃음으로 만들어 버렸다. 나도 갑자기 가벼워졌다. 오래된 외로움도 둥둥둥, 가벼운 우울감도 둥둥둥, 소파 위에 덕지덕지 늘어져 있던 무력감도 둥둥둥.

오랜 시간 나를 정의하는 것 같았던 그 감정들이 무게를 잃고 점점 더 높이 떠오르는 것 같았다. 그대로 먼지가 되고, 그대로 빛이 되어 이리저리 흩날리는 것 같았다. 당신과 통화하면서 이런 기분을 다 말할 수는 없었다. 대신 같이 웃다 말했다.

"진짜 이상해. 나 기분이 좋아졌어."

"나도 그래요. 당신이랑 통화하면 늘 그래."

나는 고맙다고 말했다. 우리는 다음 주말에 먹고 싶은 음식, 바쁜 시간이 지나가면 가고 싶은 도시에 대해 말했다. 다른 어떤 사람이 아니라 당신한테만 할 수 있는 말, 당신한테만 보여줄 수 있는 표정, 우리끼리만 나눌 수 있는 대화가 주는 안식에는 다분히 배타적이면서도 거의 무한한 안락이 있었다. 연애는 두 사람이 맺을 수 있는 관계 중 가장 폐쇄적인 형식일 것이다. 둘일 때 완벽하니까, 혼자일 때 느껴지는 어쩔 수 없는 결핍이 오늘 하루의 정체였던 것 같았다.

이제야 두 발로 땅을 딛고 선 것 같은 느낌…. 갑자기 발 아래가 차가웠다. 까칠까칠한 대리석 바닥의 감촉과 온도였다. 이제 진짜 땅을 밟고 싶었다. 아스팔트와 시멘트, 흙과 잔디를 고루 밟으면서 몸을 움직이고 싶었다.

"나 산책 가고 싶어."

"응! 다녀와요, 난 먼저 잘게."

전화를 끊고, 운동화를 신었다.

오래된 외로움을 경쾌한 웃음으로 받아주는 사람이 옆에 있었다. 같이 하는 시간 내내 이렇게 행복할 수는 없겠지만 오늘만은 믿고 싶었다. 나는 둘이 되었다는 사실 때문에 한없이 약해지는 것 같았는데, 당신과 함께라는 사실로부터 다시 강해지는 것 같았다.

낯설지만 무섭지 않은, 혼자서는 한 번도 살아본 적 없는 밤이었다.

“저건 목련이에요. 저건 벚나무. 저건 장미예요.”

가을이 깊어갈 때 당신이 말했다.
간간이 초록만 남은 나뭇가지에서
꽃을 볼 줄 아는 사람.
새 계절이 올 때마다 기뻐할 줄 아는 사람.
아름다움이 지나간 자리에서
그 모든 아름다움을 기억하는 사람.

내가 당신의 옆모습을 오래 본 날.
당신의 아름다움을 새롭게 만난 새벽이었다.

혹시 지금 통화 가능해요?

—

밤 10시를 기다리는 이토록 한적하고 달콤한 이유.

—

마스크 없이는 나갈 수 없는 아침이었다. 한남오거리에서 남산타워가 보이지 않는 날씨. 목이 잠기고 눈이 따가워도 일은 해야 하지만 이런 날은 기분도 능률도 바닥이었다. "오늘 일 좀 했어?" 누가 물어오면 "아, 힘들었어. 미세먼지 때문에 아무 일도 못했어"라고 핑계 댈 수 있는 수준이었다.

프로와 아마추어를 구분할 일도 아니었다. 미세먼지와 우울한 심정의 관계는 이미 명백했다. 마음에 낀 미세먼지가 업무를 방해하는 것도 당연한 일이었다. 창문도 열 수 없고 산책은 언감생심이었던 날, 사무실에선 거의 모든 일이 지지부진했다.

미세먼지의 공포는 보이지도 않는데 피할 길이 없다는 데 있고, 일의 공포는 이런 일정이 영원히 끝나지 않을 것 같다는 데 있었다. 가끔 그런 생각을 하면 명치 언저리에 나비 한 마리가 들어 있는 것처럼 울렁거렸다. 오늘 열심히 하면 내일 쉴 수 있는 게 아니었다. 오늘과 내일의 업무량을 조절할 수 있는 데도 한계가 있었다. 쫓기는 일 하나 없이 깔끔하게 쉴 수 있는 날이 올까? 스위스나 발리에서 봤던 맑은 하늘을 서울에서도 볼 수 있을까? 우리가 이렇게 지지부진하게 사는 것도 다 미세먼지 때문 아닐까?

일은 늘 쌓여 있었다. 스스로에게 던지는 질문에는 끝이 없었다. 지난 주말의 우리는 서울에 없었다.

"그렇게 같이 지내고 나면, 돌아와서 며칠은 쉽게 참을 수 있을 거라고 생각했거든요? 그런데 그게 아니었어요. 더 보고 싶어. 여행 가기 전보다 다녀온 다음이 더 보고 싶어."

"나도 그래요. 큰일이야."

멀리 떨어진 곳에서, 우리는 서울에서는 볼 수 없는 나무를 보면서 며칠을 지냈다. 서울에서는 먹을 수 없는 음식을 먹고 오래 걸었다. 아직 들어가서 놀 수는 없는 바다 앞에선 폴짝 뛰면서 사진을 찍기도 했다. 다녀온 후에는 그 사진을 몇 번이나 꺼내 봤다. 지나간 순간의 사진 몇 장이 막막한 지금을 이렇게 위로하는구나, 혼자 생각하면서.

그곳에서의 아침이 우리가 같이 지내는 밤만큼 좋았던 건 왜였을까? 1시간도 넘게 같이 걸었던 산책로에선 지금까지 한 번도 들어본 적 없는 새소리를 들었다. 또 이런 대화를 나눴다.

"저 숲에선 유니콘이 달려 나올 것 같아."

"이 꽃 이름은 뭐예요?"

"와, 그런 이름은 처음 들어봐."

우리는 그렇게 몇 가지 꽃의 이름을 기억하게 됐다. 저 깊은 곳에 유니콘을 감추고 있는 숲의 좌표도 알게 됐다. 오르막과 내리막이 고루 섞여 있었던 산책로에서였다. 오늘 미팅은 어땠는지, 얼토당토않은 소리로 복장 터지게 하는 상사는 없었는지, 혹 서러운 일은 없었는지 염

려할 필요가 없었다. 팽팽해진 종아리와 허벅지, 피부를 코팅한 것 같이 매끈하게 흘린 땀, 살짝 가빠온 숨 그대로 우리는 그날 아침을 완벽하게 소유했다.

사람은 원래 일을 하도록 태어난 게 아니라는 말은 누가 했었지? 돌아온 후의 일상은 철 지난 낙엽처럼 버석거렸다. 며칠 전엔 그렇게 자연스럽게 행복했는데, 서울은 거대한 낙엽 같았다. 사람도 대기도 건조했다. 봄은 보이지 않는 곳에서 유니콘처럼 숨어 있었다. 며칠을 같이 지낸 시간이 그렇게 또렷했는데, 또 며칠을 만날 수 없는 시간이 존재한다는 것도 영 어색했다. 자의와 타의 사이에서 매캐하기만 했지만, 그래도 바쁜 시간은 빠르게 흘러간다는 게 이 뿌연 도시가 주는 마지막 위안일까?

"이제 씻고 누웠어요. 개운해."

"지금 전화해도 돼요?"

"응!"

늦은 밤, 늦은 샤워, 늦은 메시지, 오늘은 처음 듣는 목소리. 우리는 매일 밤 10시 즈음 서로의 목소리를 들었다. 새삼스럽게 안부를 묻고 온갖 사소한 이야기를 나눴다. 같이 지내다 보니 정해진 습관, 하루를 마무리하는 작은 의식이었다. 몸과 마음이 풀리고 나면 잠이 쏟아졌다. 피곤해서 어쩔 수 없이 눈 감는 밤이 아니었다. 갑자기 찾아온 잠을 환대하듯이, 아주 어렸을 때 그랬던 것처럼 도무지 이길 수 없는 졸음과 새로 친해지는 기분이었다.

"이제 자야죠? 나 갑자기 너무 졸려."

"잘 자요. 행복해."

내일도 오늘과 같을 것이다. 휴가는 끝났고, 그때처럼 산책할 수는 없을 것이다. 대신 급하게 씻고, 버스와 지하철을 번갈아 타고, 어제 다 못한 업무를 마주할 것이다. 어제와 똑같은 일상이 내일도 분명히 이어질 거라는 권태, 오늘 밤에 들었던 목소리를 내일도 들을 수 있을 거라는 믿음 사이에 우리가 있었다.

이미 자정이 지난 시간. 오늘 밤엔 북서풍이 불어올 거라는 예보를 들었다.

내일 아침은 모처럼 맑을 예정이었다.

멀리서 둘이 하는 산책

—

종일 떨어져 있었던 날도
우린 같은 시간에 산책하곤 했다.

—

현관문을 열고 들어와 전화기를 켰더니 그 사람이 보낸 사진 몇 장과 메시지가 와 있었다. 퇴근 후 한적한 저녁에 나무와 흙, 강과 노을을 찍은 사진이었다.

"오늘 달이 장난 아니에요. 너무 예뻐. 소원 빌고 싶은 날이다."

"저녁은 먹었어요? 오늘 고생했죠? 산책 어때? 시원하고 좋아."

과연 긴 하루의 끝이었다. 어제는 12시 반에 잠들어 6시 반에 깼다. 책이나 잡지를 잡히는 대로 읽다가 7시

반부터는 책상 앞에 있었다. 오전 중에 마감해야 하는 원고를 쓰고 팟캐스트 한 편을 편집했더니 11시 반이 되었다. 점심 약속은 12시 10분이었다.

서둘러 씻고 베스파에 시동을 걸었다. 이 하늘색 스쿠터가 없었다면 나는 어떻게 살았을까? 이 작은 탈 것이 내 거대한 도시와 일상을 압축해내고 있었다. 택시나 버스를 탔다면 30분 이상 걸릴 거리를 15분 만에 주파했다. 곧 한국을 떠난다는 선배와 햄버거를 먹으면서 우리는 어제보고 오늘 또 만난 사이처럼 웃었다. 마지막으로 만난 건 거의 1년 전이었는데.

"1년에 한 번 정도 만나면 그래도 '가끔 보는 사이'라고 할 수 있는 것 같아요. 그렇지 않아요? 아무리 보고 싶어도, 같이 한국에 살아도 1년에 한 번을 못 보고 지나가는 사이가 얼마나 많은데."

"맞아, 정말 그래. 아마 다음에 만나도 지금이랑 비슷할 거야. 1년에 한 번 정도는 한국에 들어올 테니까."

선배와 마지막으로 마셨던 커피는 차갑고 싱거웠다. 우리는 "맞은편 스타벅스에 갈걸 그랬다" 아쉬워하면서도 "저긴 내년에 만나서 가요" 눙치면서 근황과 계획, 포부와 우려를 나눴다. 다음 담소는 언제가 될지 모르는 채 하는 작별인사였다. 나는 다시 베스파에 앉았다. 기억하려고, 선배의 웃는 얼굴을 천천히 오래 봤다.

오후에 사무실에서 보낸 시간 역시 한 칸으로 압축한 것 같았다. 몇 개의 오디오 파일을 편집하고 조율하면서 수십 가지의 경우의 수 사이에서 선택과 결심의 연속이었다. 오후 2시가 넘어가면서는 사무실이 점점 뜨거워지기 시작했다. 갑자기 졸음이 깊어졌다. 혹시나 하고 옥상에 올라갔더니 여름이 최고조였다.

메일 한 통, 전화 한 통, 대화 한마디를 하는 데에도 힘이 드는 날이었다. 어떤 말은 머리에 가시처럼 박혀서 빠지지 않았다. 나쁜 생각이 계속 나는데 그걸 멈출 의지도 없을 땐 머릿속이 지옥 같았다. 그럴 땐 혼자서 말싸움을 하는 상상 속에 갇혀 있었다. 가능한 한 날카로운 말로 상처를 주고받았다. 상대와는 영원히 회복할 수 없는 관계가 됐다. 잔인한 상상, 의미 없는 시뮬레이션, 혼자서 쌓는 스트레스. 마음속에만 있는 지옥이었다.

눈을 감고 숨을 골라가면서 남은 일들을 마무리했다. 잠깐 옥상에 올라갔던 시간을 빼면 의자에서 일어난 적 한 번 없는 업무 시간이었다. 문득 왼쪽을 보니 세로로 긴 창문 밖으로 하늘이 서서히 주황색으로 변하고 있었다. 이제 저녁을 먹어야 했다. 알찬 오전 시간을 보내고 좋은 점심 식사를 하고도 내내 지옥 같았던 마음은 사실 허기 때문이었는지도 몰랐다.

다시 베스파에 시동을 걸었다. 이번엔 남산 쪽으로 달렸다. 마음이 좋지 않을 때마다 산으로 갔다. 여름산은 차갑고 시원했다. 늘 좋은 냄새가 났다. 흙과 나무, 나뭇잎 냄새가 뒤섞인 향이 하루 종일 달궈진 공기 사이로 나를 덮치듯 했다. 자동차 안에서는 느낄 수 없는 해방감. 잔뜩 구겨졌던 마음이 조금씩 펴지는 것 같았다. 배는 대충 채우고 집에 가야지. 집에 가서 누워야지. 그러면 조금 더 나은 기분이 되겠지.

그렇게 몇 시간이고 누워서 허송하고 싶은 저녁이었는데, 나는 당신이 보낸 사진과 메시지를 보면서 부엌 옆에 우두커니 서 있었다. 지칠 대로 지친 마음이 서서히 움직이고 있었다. 낮에는 그렇게 뜨거웠는데 지금 시원하다고? 저녁이니까 바람이 좀 불기 시작하는 걸까? 한강까지 걸어가면 얼마나 걸릴까? 당신도 아직 산책 중일까? 그럼 같이 걸을까?

현관에 가방만 내려놓고 집을 나섰다. 이사한 지 3주 밖에 안 된 동네에선 한강이 지척이었다. 육교 위에선 남산 타워가 가깝게 보였다. 그 사진을 당신한테 찍어 보내면서 말했다.

"덕분에 나도 산책 나왔어요. 한강에 가보려고."

"오, 좋은 시간 보내요. 난 이제 돌아가는 길."

아직 뜨거운 저녁이었다. 습도도 높았다. 티셔츠가 서서히 젖어갔는데, 둔치에 가까워질 때마다 거짓말처럼 시원한 바람이 불었다. 한강 주변에서 운동하는 사람들의 피부는 땀으로 빛나고 있었다. 하지만 누구도 더워 보이진 않았다. 얼굴에는 의지와 여유가 같이 묻어 있었다. 그렇게 뜨겁고 가쁜 하루를 보냈는데 도시는 아직 이만큼이나 한창이었다. 나는 벤치에 앉아서 강과 보름달과 도시를 찍어 당신에게 다시 보냈다.

"여기도 달이 이렇게 예뻐요!"

"와, 사진 예뻐요! 난 지금 막 들어왔어. 이따 집에 가서 전화 줄래요?"

한강 전체가 창백하게 빛나던 밤. 산책은 1시간 남짓이었다. 지옥 같았던 마음과 스트레스의 실마리는 걷는 동안 천천히 희미해졌다. 내 안에 잔불처럼 남아 있던 오후의 열기도 다 식어 있었다.

온갖 부정적인 단어들이 다 정리된 자리에는 이제 연애, 인연, 사랑 같은 단어들이 제자리를 찾기 시작했다. 이 모든 단어들을 묶을 수 있는 원이 있다면, 그 부드러운 동그라미 안에 우리가 있는 것 같았다. 혼자였다면 나서지 않았을 길….

내 일상은 이제 산책을 권하는 사람과 함께였다.

우리만 있던 토요일

—

그날 우리가 같이 한 일은 아무것도 없었지만.

—

금요일 밤엔 좀 지쳐 있었다. 좋은 사람을 만나고 집에 들어왔을 땐 밤 9시였다. 나쁜 일은 하나도 없었는데, 평일의 피로가 그날 밤에 응축돼 있었다. 챙겨 보던 드라마를 켰다가 소파에서 잠들었을 땐 자정 전이었다. 다시 깼을 땐 새벽 4시 반 즈음. 비틀비틀 침대까지 걸을 땐 전신에 나른하게 잠이 묻어 있었다. 아직 아침까지 잘 수 있는, 달콤한 새벽이었다.

창밖으로 태풍이 상륙 중이었지만 주말 아침은 평소와 다르지 않았다. 진공청소기로 거실과 침실, 서재를

청소했다. 화장실에 솔질을 하고 샤워를 했다. 밀려 있는 주간지를 한 권 읽으면서 내내 무심했던 그 이슈에 대해 한 발 늦은 관점을 세웠다. 시원한 물을 몇 잔이나 마셨다. 몇 곡의 노래를 듣고, 몇 장의 CD를 바꿔 올렸다. 정오 즈음에는 집을 나서야 했다.

"오늘은 조용하고 고요하게 보내는 거 어때요?"

"좋아요!"

청소와 커피 사이에 우리는 이런 메시지를 주고받았다. 원래 우리가 보내기로 했던 토요일의 모든 계획을 취소하기로 결정했을 때였다.

원래는 수영장에 가고 싶었다. 주말 아침의 수영은 계절과 관계없이 매번 좋았다. 물속에서 나른하게 몸을 움직이는 것도, 그렇게 물살을 가르고 저 앞을 향하는 일도, 그럴 때 최선을 다해 근육을 혹사시키지 않아도 된다는 사실을 새삼 깨닫는 일도 새로웠다. 레인 끝에선 몇 번이나 왕복했는지 서로 물었다. 숨이 차서 헉헉대다 다시 벽을 차고 출발하는 그 순간의 에너지에는 건강하고 사소한 기쁨이 있었다.

수영을 하고 나오면 그 동네에서 따뜻한 음식을 먹

고 싶었다. 스쿠터를 앞뒤로 타고 다른 동네로 달리고 싶기도 했다. 아끼는 카페에선 나무들이 바람에 흔들리는 장면을 오래오래 볼 수 있었다. 커피도 풍경도 더 없이 좋은 공간이었다. 그 카페에서 저녁 메뉴에 대해 생각하는 일이야말로 주말의 풍요였다. 누구도 일하지 않고 아무도 보채지 않는 시간. 같이 보는 장면의 아름다움을 온전히 나누면서, 같이 먹을 음식의 쾌락을 고안하는 일.

하지만 창밖으로 바람소리가 점점 더 무서워지고 있었다. 수영을 하기에도, 스쿠터를 타기에도 적절한 날씨는 아니었다. 가로수도 가까스로 버티는 바람이었다. 우리는 집에 있기로 했다. 아무 일도 하지 않고, 아무것도 보지 않고, 그저 둘이서만.

"나, 거기 가방 속에 책 좀 가져다줄래요?"

이날 우리의 오후는 이 한마디로 정리할 수 있었다. 한 명은 소파에서 책을 읽고 다른 한 명은 바닥에 앉아서 밀린 일을 했다. 내가 쓰고 고치고 분류하는 동안 옆에선 책장을 넘기는 소리가 규칙적으로 들렸다. 같이 듣던 라디오 프로그램이 끝났을 땐 CD를 듣기 시작했다. 오디오에 세 번째 CD를 넣었을 때부터는 책장을 넘기는 소리가 더디 들리기 시작했다. 그러다 마침내 멈췄을 때, 나를 둘러싸고 있던 그 모든 소리가 규칙적인 숨소리 하나로 천천히 바뀌었다. 나는 뒤꿈치를 들고 걸었다. 오디오 볼륨도 아주 작게 줄였다.

집 밖에선 태풍이 내는 소리, 점점 더 거세지는 빗방울이 창문을 때리는 소리가 부산했다. 낮부터 어두웠던 하루였다. 옆에선 고요한 숨소리만 들렸다. 토요일이 천천히 흐르는 소리. 그때 듣던 CD의 러닝 타임은 50분 15초였다.

"나 많이 잤어요? 밖에 비 많이 오네? 아침 같아."

당신은 어쩐지 잠이 안 와서 새벽 3시까지 책을 읽다 잠들었다고 말하면서 읽던 책을 다시 잡았다. 시원한 물이 필요한지, 과자가 먹고 싶은지, 배가 고프지는 않은지에 대해서는 아주 가끔 물었다. 그렇게 물 한 잔을 건넬 때의 친밀한 온도, 아직 배가 고프지는 않다고 대답할 때의 선선한 여유 속에서 창밖이 점점 더 어두워지고 있었다.

밖으로는 나갈 수 없었던 하루, 태풍이 서울을 지나는 주말이었다.

—

첫 여름은 당신과 함께였다.

바닥에 펴 놓은 돗자리는 아직 접지 않았다.

수십 권의 책이 분방하게 쌓여 있는 방.

우리는 기분이 내키는 대로 아무 책이나 쥐고 읽었다.

이 집에선 몇 번의 여름을 더 보내게 될까?

아직 오지 않은 모든 여름 안에서

당신을 상상하던 주말이었다.

—

우리는 서로 특별해지기 위해서

—

이별 없는 연애도 있을까?
만나고 헤어지는, 그 평범하고 지루한 시간 너머에는
혹시 사랑이 있을까?
그때, 우리는 조금 더 특별해질 수 있을까?

—

세상은 아주 사소한 이유로도 무너져 내렸다. 아침에 일어났더니 잔뜩 흐려 있는 하늘, 갑자기 받은 메시지의 무심함, 지나가는 누군가의 불쾌한 시선이 하루를 정의해버릴 때도 있었다. 하지만 그게 전부가 아닌 날이었다. 우리는 어제 헤어진 참이었다. 지나면 복원될 일도, 무슨 감기처럼 회복될 일도 아니었다. 이미 당긴 방아쇠, 무참히 깨진 그릇이었다. 무슨 수를 써도 피할 수 없다는 건 이제 경험으로 알았다. 눈을 뜨면 혼자서 마주해야 하는 것들이 있었다. 몸이 유난히 무거운 아침이었다.

술은 일시적인 위안도 아니었다. 마주 앉은 친구가 회복해줄 수 있는 건 아무것도 없었다. 말은 엉뚱한 사람 사이에서 흩어졌다가 곧 사라졌다.

"연애가 다 그렇지."

"더 좋은 사람 만날 거야."

"여행이라도 다녀올까?"

하지만 어떤 말도 시간을 거스를 순 없는 거라서, 차라리 침묵이 나은 때가 대부분이었다. 다 털고 일어나야 하는 새벽, 친구가 말했다.

"애썼어."

왜 그렇게 애를 썼던 걸까? 이별은 꼭 그 사람의 양감만큼 스산했다. 만나면 안을 수 있었던 상체, 잡을 수 있었던 손의 부피만큼 내 몸도 사라진 것 같았다. 혹은 잃어버린 미래였다. 둘이 했던 약속, 미처 말도 못했던 바람들까지 애꿎게 버려진 참이었다. 그땐 그게 영원한 상실 같았다. 열흘 쯤 지나면 천천히 아물어갈 거라는 것, 볼 때마다 울컥하던 손편지를 다소 명랑한 마음으로 다시 읽게 될 날이 올 거라는 사실도 그땐 몰랐다. 우리는 이미 오래전에 끝나 있던 사이였다는 것도 다 헤어지고 나서야 알았다.

관계에선 익숙함이 제일 무섭다. 둘의 언어가 닮아가고, 한 사람만 알던 노래를 기쁘게 공유하고, 함께 지낸 밤의 숫자가 커진다는 건 결국 우리도 모르게 일상이 포개진다는 뜻이었다. 처음엔 마법 같았다. 권하면 응했다. 청하면 들어주었다. 그 아슬아슬한 경계 위에서 줄타기 하듯 노는 시간이 세상에서 가장 즐거웠다.

하지만 그렇게 특별했던 사람도 결국은 평범해졌다. 모조리 빛나던 시간도 곧 지루해졌다. 시작할 땐 온통 새로웠던 표정도 무슨 의미 없는 배경처럼 흐릿해지게 마련이었다. 연애와 사랑, 일상의 매혹이자 함정이었다.

어쩌면 관계가 깊어질수록 권태가 가까워지는 걸 눈을 부릅뜨고 지켜보는 데 연애의 묘미가 있었다. 인생의 진짜 쾌락은 권태 속에서만 발견할 수 있는 거라고 믿는 사람의 사랑은 그때부터 힘을 발휘할 준비를 하고 있었다. 멀어지는 시간은 멀어지는 대로 두었다. 시시각각 관계를 정의하는 일, 혹은 아무것도 정의하지 않는 마음 속에 연애 이후의 관계로 통하는 작은 문이 있는 것 같아서였다. 어떻게든 애를 썼던 이유였다. 그다음이 궁금했기 때문에.

우리가 여전히 연인일 때도 연애의 낭만은 이미 끝나 있었다. 그 밍밍한 시간이야말로 연애의 정수 같았지만…. 대부분의 관계는 그 밋밋함 앞에서 좌초했다. 우리도 예외는 아니었다. 그런 채 남아 있는 슬픔만이 연애의 반작용, 허무의 근거라고 생각했다. 다만 믿고 싶었다. 우리가 보낸 시간에 거짓은 없었다는 걸. 연애 감정이 흔적도 없이 사그라든 자리에도 기억만은 남기 때문이었다.

우리는 그때 정말 특별했던 걸까? 이별은 서로를 보통명사로 만들어버리는 흑마술 같은 거였을까? 올 가을 패션처럼 만났다가 다음 시즌엔 자연스럽게 헤어질 준비를 하는 이런 때? 모두가 연애하고 수시로 헤어지는 시대, 우리는 서로의 연애 상대였을 때야말로 흔하디흔한 보통명사 아니었을까?

헤어지고 나면 그저 연애였다. 우리는 하나도 특별

하지 않았다. 그렇게 아팠어도 평범하고 허무한 낭만이었다. 달콤한 타협안, 딱 그 정도의 인연. 연애가 평범했다 생각하니 이별도 하찮아졌다.

마침내 아침이 가벼워졌을 때, 다시 모든 게 새로워지기 시작했다. 이번에 우리는 어디까지 함께일 수 있을까? 낭만 이후의 낭만, 판타지 이후의 판타지까지를 함께할 수 있을까? 여전히 무수한 물음표 사이에서, 어렸을 땐 상상도 못했던 대화를 지금은 사려 깊은 표정으로 나눌 수 있게 됐다.

"지금은 이렇게 서로 좋지만, 우리도 곧 시들해지겠죠?"

"그렇겠죠? 아마도."

"하지만 너무 좋아해. 너무."

한 번도 본 적 없는 눈빛, 처음 듣는 것 같은 목소리로 우리는 대화하고 있었다. 다 아는 것 같지만 실은 아무것도 모르고, 이렇게 시작된 시간이 언제까지 이어질지는 예측조차 못한 채….

하지만 같이 보내는 시간만큼 명백한 것도 없었다. 곧 지칠 거라는 허무, 이토록 빛나는 마음도 곧 사그라들 거라는 냉소의 복판에서 서로가 기꺼이 선택한 시간이었다. 그 안에서 진심으로 찾고 싶은 게 있었다. 우리는 다 정해져 있는 것 같은 수순, 그토록 달콤하지만 곧 평범해지는 연애의 모든 과정 이후를 상상하고 있었다.

모르니까 걸 수 있는 기대로서.

언젠가, 서로에게 조금 더 특별해지기 위해서.

변했어

마음은 변하게 마련이었다.
자연스러운 이별은 실패가 아니었다.

사랑은 늘 속였고 나는 자주 속았다. 모든 관계는 느닷없이 끝나는 것 같았다. 자연재해처럼 속수무책으로, 별다른 예고도 없이 그렇게 됐다. 사랑할 땐 흉한 모습도 그렇게 서로 예뻐하더니, 사소한 일로 이상하다 싶을 만큼 흠을 잡을 땐 영문도 모르고 사과했었다. 억울해서 했던 몇 마디는 곧 다툼이 되었다. 사과는 싸우기 싫은 사람이 먼저 하는 것이었다.

모든 사과가 옳은 것도 아니었다. 어떤 사과는 마땅히 갈라져야 할 때가 된 사이를 유야무야 봉합만 해놓고 흔적도 없이 사라졌다. 위태롭게 유지하는 관계에도 작은 행복은 있는 법이니까, 그렇게 이별의 징조를 외면한 후에도 관계가 바로 망가지지는 않았다. 관성 혹은 습관. 지내던 대로 지내는 일. 이별을 겪어내는 것보다 이렇게라도 유지하는 쪽이 경제적일 거라는 감정적 계산 같은 것들이 어찌어찌 관계를 유지하고 있었다. 우리는 더 위험해지는 것 같았다.

"변했어"라는 말은 변한 사람이 먼저 하는 말이었다. 처음엔 의아했다. 당연한 말을 왜 하는 걸까? 한결 같은 마음이라는 게 있을까? 우리는 다양한 방향으로, 또한 지속적으로 변하는 중 아닐까? 세상엔 그렇게 깊어지는 사랑도 있을 것이다. 모든 연애는 그런 기대 위에서 묘목처럼 시작하는 마음의 상태인지도 몰랐다. 노환으로 병상에 있는 아내에게 꽃다발을 선물하면서 서로 웃거나, 서로 엉덩이에 손을 대고 설거지를 하는 노년 부부의 사진을 리트윗할 때의 애틋한 판타지. 하지만 그렇게 강인한 일상을 지탱할 의지나 힘은 아직 없는 채.

일상의 "변했어"는 다른 말이었다. 그토록 당연한 말을 굳이 선언할 때, 언어는 언어 자체의 의미를 훌쩍 벗어나 있었다. 담백하게 현상을 진단하는 말이 아니었다. 명확한 의도가 있었다는 뜻이다.

일단 "나는 그대로인데 당신이 변해서 섭섭하다"는 항의의 표현일 수 있을 것이다. '당신은 이제 변했으니 우리 관계도 변한 것 같다. 적어도 나는 그렇게 느낀다'는 의미로서. 혹은 가볍지 않은 투정이었는지도 모른다. 어떤 식으로든 상대에 대한 기대가 충족되지 않는 일종의 답보 상태에서 푸념처럼 하는 말이었던 것이다. 습관적으로 하는 데이트, 만나야 하니까 만나는 시간, 외로움을 피하기 위한 쉬운 방책으로서의 연애만큼 일상을 구차하게 만드는 것도 없을 테니까.

혹시 "이런 사람인 줄 몰랐다"는 말을 공격적으로 하고 싶은 마음이었을까? 아마 보고 싶은 것만 볼 수 있는 시기가 다 지난 후의 냉랭한 감정이었을 것이다. 상대를 긍정적으로 왜곡하는 일이야말로 사랑의 효용이니까. 상대가 변한 게 아니라 상대를 보는 내 마음이 변했다는 의미의 표현인지도 몰랐다.

상대가 속인 게 아니라 스스로의 감정에 속아 넘어갔다는 걸 깨달은 후, 그 억울하고 공격적인 마음을 꾹꾹 눌러 담아 한마디로 표현하기에 참 효과적인 말이기도 했다. 내가 잘못 봤지만 그래도 당신이 변한 게 문제라는 식으로 툭, 관계의 책임을 미뤄둘 수도 있으니까. 어쨌든 사랑이라고 믿었던 그 감정, 당신을 좋게 보고 싶은 마음의 유통기한도 다 끝났다는 뜻이다. 그러니 누군가 "변했다"고 말할 때, 그 한마디야말로 완곡한 이별의 메시지일 거라고 지금은 생각한다. 하지만 지금 알고 있는 것들을 아무것도 몰랐던 그때.

"응? 내가 변했어? 뭐가? 하나도 안 변했어. 처음보다 더 사랑하는데?"

명랑한 듯 멍청한 듯 되묻는 얼굴을 보면서 안도보다 권태를 더 크게 느꼈을 그 사람의 마음은 얼마나 허무했을까? 지긋지긋할 정도로 싸우다 폭발한 마음 그대로 울면서 헤어지고 싶었는데, 싸움이 깊어질 무렵 진심으로 사과하는 사람을 앞에 둔 마음은 또 얼마나 황망했을까? 우리는 오해 때문에 헤어진 게 아니라 혹시 오해 때문에 사랑이라고 착각했던 관계는 아니었을까? 이미 끝난 관계를 이어가는 마음이야말로 피곤했다. 연인도 친구도 아니고 산 것도 죽은 것도 아닌 채 좀비처럼 연명하는 사이였다.

요즘은 변하는 마음이야말로 물처럼 자연스럽다고 생각한다. 모든 사랑이 차게 식는 쪽으로 변하는 건 아니다. 이별이 두려워서 망설이는 관계도 있지만, 모든 이별이 실패는 아니라는 것도 지금은 안다.

어제는 저 앞에서 예쁜 얼굴로 뛰어오는 당신을 보면서 어떤 다짐도 하지 않았다. 대신 내일 당신을 잃을 것처럼 오늘은 오늘의 사랑을 하자고 노래 가사처럼 생각하면서 당신 쪽으로 조금 더 빨리 걸었다. 그렇게 매일 새로 시작할 수 있다면 좋을 것 같았다. 등 뒤에 죽음이 있다고 생각하는 마음이 소중한 하루를 독촉하듯이.

슬픔도 두려움도 없이, 변하는 것은 변하는 그대로 아무렇게나 두고.

2부

느닷없는 이별

나는 그렇게나 혼자였는데

―

계절이 바뀔 때마다 나는 불안해했다.
여름이 오면 당신을 잃을 것 같아서.

가을이 오면, 겨울이 되면,
봄에는 결국 혼자가 될 것 같아서.

―

미안해. 그런데 왜 그랬어?

—

사과조차 습관 같았다.
우리는 이미 끝나 있었다.

—

일은 끝날 기미가 없었다. 밤 11시였는데 써야 하는 원고가 몇 개나 남아 있었다. 집에는 몇 시에나 갈 수 있을까? 매일 이렇게까지 일하는데 인생이 나아지지 않는 이유는 뭘까? 답도 없이 생각하면서 지하 주차장으로 내려갔다. 좀 쉬고 싶어서. 전화를 걸기 위해서였다.

마감도 연애도 반복되고 있었다. 일은 한 달 단위로 영원히 계속될 것 같은 패턴이었다. 연애에는 조금 더 불규칙한 면이 있었지만, 둘 사이에 시간이 쌓이자 패턴이 되었다. 이럴 때 하는 말과 저럴 때 먹는 음식. 그럴 때 무심코 짓는 표정과 매일의 습관 같은 것들이 우리 사이에 먼지처럼 쌓여 있었다.

그 불안을 모르지 않았다. 닦거나 털거나, 어쨌든 둘이 좀 더 시간을 가질 수 있다면 쉽게 깨끗해질 수 있는 수준이라고 생각했다. 하지만 어쩐지 둘 다 외면하고 있는 것 같았다. 이대로 얼룩이 되어도 괜찮다는 듯. 더러워지면 그대로 감당하고 사는 게 인생이라는 태도로. 아무것도 모르면서 다 아는 것처럼 굴었던, 젊고 또 어렸던 그때.

실은 좀 망설이고 있었다. 어쩐지 두려운 날이었다. 통화하면 그대로 끝날 것 같아서였다. 우리 관계에는 이미 분명한 선이 있는 것 같았는데, 그대로 지진처럼 쩍 갈라질 것 같았다. 엘리베이터를 타고 3층에서 지하로 내려가는 동안, 우리가 지금까지 같이 지냈던 시간을 돌아보기 시작했다.

통화하기 전에 시간이 필요했다. 1층에 내려 공원으로 나갔다. 음료를 뽑아 마시면서 벤치에 다리를 뻗고 앉았다. 머릿속이 매캐했다. 왜 이렇게 됐는지, 앞으로 어떻게 될 지도 알 수 없었다. 이럴 때마다 '일은 참 쉽다'고 생각했다. 아무리 고된 일에도 끝은 있었다. 아무리 긴 원고에도 마지막 마침표를 찍는 순간은 어김없이 왔다. 그건 철저히 나한테 달린 일이었다.

관계는 달랐다. 연애는 의지로 어쩔 수 있는 영역을 한참 벗어나서 벌어지는 사건의 연속이었다. 문장처럼 고쳐 쓰거나 아예 지워버릴 수 있는 것도 아니었다. 둘 사이의 시간과 감정은 거짓 없이 쌓였다. 좋은 것과 나쁜 것, 깨끗한 것과 더러운 것이 고스란히, 착실한 무게감이 되어 있었다.

어쩌면 이렇게 버거워지기 전에 기회가 있었는지도 모른다. 무게추의 일부를 덜어낼 수 있는 기회가. 어제 했던 그 말, 생각해보니 섭섭했다는 한마디로 시작하는 대화가 생각보다 많은 무게추로부터 우리를 구원할 수도 있었을 것이다. 하지만 그때의 우리에겐 그런 대화를 나눌 힘이 없었다. 아무것도 하지 않은 채 섭섭함도 습관이 되어 있었다. 한 말보다 못한 말이 더 많아지기 시작할 때, 우리는 천천히 다른 방향을 보기 시작한 것 같았다. 빈 캔을 구겨 쓰레기통에 넣고 지하로 내려갔다. 겨울이었다. 바깥보다는 주차장이 따뜻했다.

"뭐해? 밥은 먹었어?"

"응, 그럼."

밤 11시를 넘긴 시간. 뭐 하느냐는 질문도, 밥은 먹었냐는 질문에도 마음은 없었다. 그저 습관 같았다. 오늘 어떻게 지냈느냐는 질문과 대답 사이에는 침묵이 너무 길었다. 그 사람도 되물어주지 않았다. 일은 좀 어떤지, 잘 되고 있는지, 힘들지는 않은지, 몇 시까지 일해야 퇴근할 수 있는지.

우리는 왜 전화할까? 이 통화는 누구를 위한 것이었을까? 서로가 서로의 연인이라는 사실, 그 관계를 유지하려는 노력, 이별을 선택하지 않는 마음으로부터 우리는 무엇을 얻고 있었을까? 우리는 왜 이렇게까지 함께일까?

"미안해."

"뭐가?"

"내가 '밥은 먹었냐'고 물었을 때, 그게 그냥 습관적인 질문이라는 걸 깨달았어. 그러니까… 밥을 먹었는지가 궁금한 게 아니었어. 어쩐지 요즘 매일 이렇게 물었던 것 같아. 습관적으로. 그래서 미안하다는 말이야."

"…그런데 왜 그랬어?"

일정 온도 이상으로 더워진 지구는 더 이상 균형 잡기를 포기하고, 회항불능지점을 지나친 전투기는 기지로 돌아갈 수 없는 것처럼…. 어떤 때를 놓치면 아무것도 돌이킬 수 없는 면이 연애에는 있었다. 그때 우린 이미 한참을 지나 있는 것 같았다. 만나기만 해도 행복한 순간을 지나, 습관처럼 데이트하는 기간도 지나, 헤어지는 게 두려워서 대화를 피하다가, 사과조차 대화의 실마리가 될 수 없는 단계까지.

그때 나는 뭐라고 대답했을까? "그런데 왜 그랬어?"라는 질문에 대한 답은 아직도 모르겠다. 아마 그때도 몰랐을 것이다. 우리는 한참을 침묵하지 않았을까? 그러다 "졸려, 이만 자야겠어. 힘내"라는 말을 듣고, "잘 자. 나는 일하다 퇴근할게"라고 건조하게 대답하지 않았을까. 여전히 매캐한 채, 전화하기 전보다 더 지쳐서 사무실로 돌아가지 않았을까.

우리는 결국 헤어졌는데, 그로부터 얼마나 더 지나고 나서 내린 결정이었는지는 잊었다. 다만 어쩔 수 없는 순간까지 버티고 버텼던 기억만은 남아 있다. 둘 다 모진 말을 못하는 성격이라 그랬던 건지, 그래도 이별만은 하고 싶지 않아서 그랬는지…. 역시 모르겠다. 아마 영원히 알 수 없을 것이다.

그 모든 습관들은 이별과 동시에 소멸되었다. 전화 한 통, 메시지 하나, 질문과 대답도 다 사라졌다. 연애에는 늘 돌이킬 수 없는 면이 있고, 이별에는 늘 크고 작은 미스터리가 남아 있었다.

그렇게까지 서로의 습관이었는데, 습관이 되었기 때문에, 마침내 서로에게 없는 사람이 되었다.

어떻게 그렇게 냉정할 수 있어?

—

나는 이별의 복판에서 안간힘을 쓰고 있었는데,
무심하고 무딘 사람들이 자꾸만 물었다.

—

이별은 일상을 몇 번이나 박살내는 이벤트였다. 견디는 게 능사인 줄 알고 참았던 모든 스트레스들은 사실 집요하게 이별을 가리키는 징후였다는 건 헤어지고 나서야 알았다. 우리는 이별을 선언하는 순간을 기준으로 길게는 몇 개월 혹은 몇 주 전부터 이미 이별 안에 있는 것이나 다름없었다.

하지만 스트레스의 양상은 이별 직후부터 달라지기 시작했다. 전과는 다른 격렬함으로 일상을 파괴하려 들었다. 거의 모든 감정이 노골적이었다. 대체로 깊고 가끔

씩만 열어지는 우울감. 밥맛이 없다거나 도통 움직이기 싫은 상태로 보내야 하는 오후. 누굴 만나고 싶지도 않고 혼자 있고 싶지도 않은 이율배반적 주말이 몇 번이나 찾아오곤 했다.

"술이나 한잔할래?"

정다운 건 친구의 문자였다. 아직 우리가 너를 사랑하고 걱정하며 신경 쓰고 있단다, 그러니 마음이 내키면 언제든 나오렴. 연애하는 동안 못 나눴던 이야기나 조곤조곤 나누면서 천천히 같이 취하자는 뜻 같았다. 그 사람을 잃는다고 세상이 다 쪼개지는 건 아니라는 믿음은 그렇게 사소한 메시지 한 통에서 생겼다. 일상을 지탱하는, 너무 사소하지만 강력하고 중요한 힘이었다.

하지만 술을 마신다고 마음이 가벼워진 적은 한 번도 없었다. 그래서 웬만해선 밖으로 나가지 않았다. 내가 이만큼 슬프다는 이야기, 그렇게 사랑했는데 억울하다는 토로, 아직도 가끔은 그 사람이 보고 싶다고 엉뚱한 사람한테 하는 고백 같은 건 대체로 민폐였다. 나쁜 감정은 나눌수록 증폭되기만 했다.

이별의 양상은 매번 달랐다. 이번엔 갑자기 떠나는 여행도 소용없을 것 같았다. 술이나 친구에 의지해서 피해갈 수 있는 것도 아니었다. 숨을 수도 도피할 수도 없는 마음의 사막. 뜨겁고 건조해서 죽을 것 같은데 어쨌든 버티면서 주파해야 하는 구간 한복판에 맨발로 혼자 서 있는 것 같았다.

이럴 땐 마음이 시키는 일을 굳이 하지 않는 것도 방법이었다. 어떤 식으로든 감정이 뜨거워졌을 땐 아무것도 행동에 옮기지 않았다. 마음보다 몸을 통제했다는 뜻이다. 뭘 갑자기 버리거나 태우는 일, 과하게 취하거나 전화기를 던지는 것 같은 우스운 일도 다 그 안에 포함돼 있었다. 밤 11시에 갑자기 거는 전화? 아무렇지도 않은 척 보내는 메시지? 부질없었다.

몸을 움직이지 않으면 더 나빠질 일이 없었다. 깊이를 알 수 없는 감정의 계곡, 나를 보호할 수 있는 마지노선을 그 즈음에 그어두었다. 몸을 최소한으로 쓰면서 천천히 앞으로 걸어가는 일, 그저 견디는 일, 그렇게 걷고 또 걷다가 이 사막이 끝나기만을 기다리는 일. 어떤 감정이든 그저 지켜보기만 하면서, 이 모든 스트레스가 평범해지는 순간을 기다리고 또 기다렸다.

"넌 슬프지 않아? 어떻게 그렇게 담담할 수 있어?"

겉에서 보면 평온해 보이니까, 속도 모르는 어떤 친구한테는 이런 질문을 자주 들었다. 이별을 관통하고 있는 사람이 흔히 취하는 태도나 이미지라는 건 이미 정해져 있는 세상이니까. 이런 종류의 슬픔은 표출하는 편이 더 낫다는 이상한 편견 때문이었다.

"나 지금 되게 슬퍼. 무표정하다고 괜찮은 거 아니야. 엄청 슬퍼하다가 오늘 겨우 힘내서 너 만난 거야. 하나도 안 담담해."

슬픔은 슬프다 얘기하지 않아도 충분히 슬픔이고, 겉으로 징징대지 않는다 해서 속까지 괜찮은 것은 아니라는 말이었다. 이 말을 하는 순간조차 표정이나 말투는 침착해 보였으니까, 친구는 조금 질린 것 같은 얼굴로 고개를 끄덕이기만 했다. 가끔은 실연보다 단절이 더 답답했다. 실연은 혼자서 어떻게든 견디면 그만이었지만 이렇게 서로를 이해 못 하는 단절감에는 답이 없었다.

행동하지 않고 견디는 동안 이별은 이별로서 하루하루 또렷해졌다. 매캐했던 감정의 안개, 억울하고 분하고 아쉬운 그 찌꺼기들을 천천히 흘려보내고 나면 마음속에 '이별' 두 글자만 남았다. 그 단어가 지금의 처지를 간단하게 정의하고 있었다. 다른 어떤 것도 아니었다. 그저 헤어진 것이었다.

'나는 이별했구나. 우리는 거기까지였구나.'

이별의 프로세스를 받아들이고 나면, 이제 천천히 사라지는 몇몇 단어들이 눈에 들어오기 시작했다. '우리'라는 단어가 제일 먼저 지워졌다. 그건 이제 없는 말이 되었다. '다음에'도 의미를 잃었다. '약속'도 사라졌다. 그래도 '사랑'만은 놓고 싶지 않았지만.

헤어지자 말하고 나서 며칠이나 지났지? 몇 주 혹은 몇 개월? 사랑했던 사람을 잊는 데는 사랑했던 세월을 반으로 나눈 것만큼의 시간이 필요하다는 공식도 진짜 이별 앞에선 농담 같았다. 지나간 시간도 버틴 시간도 잊고 그 사람도 잊었을 때, 나는 오래 누워 있었던 소파 위에서 마침내 백지가 되어 있었다. 바람이 불면 훽 날릴

만큼 가벼워진 머리. 어떤 색으로 무슨 그림이든 그릴 수 있는 상태.

이렇게 하얗게 비어버린 상태로 누군가를 만나면 또 냉정하단 소리를 듣겠지? 어떤 시간을 어떻게 보냈는지에 대해선 누구에게도 설명하고 싶지 않았다. 온전히 말할 수도 공유할 수도 없는 감정들이 내 숨에 섞여서 집 안에 가득했다.

몸을 일으켰더니 소파가 누워 있던 모양 그대로 꺼져 있었다. 따뜻한 물로 몸을 씻고 깨끗한 옷으로 갈아입었다. 익숙하고 좋은 냄새가 나는 향수를 뿌렸다. 창문을 활짝 열었더니 계절이 좀 바뀐 것 같았다.

꿋꿋하게, 원래 그랬던 것처럼, 이제 어디서나 혼자일 일이었다.

보고 싶은 사람, 잊힌 얼굴

이제 아무리 애를 써도 떠오르지 않았다.
우리가 같이 보낸 시간은 거기 그대로 있었는데.

천천히 회상할 때, 배경을 다시 떠올리는 건 어렵지 않았다. 그 고택은 혼자라면 절대 안 갔을 지역에 있었다. 거기서 맞은 아침은 여름이었는데도 서늘했다. 모든 걸 선명하게 기억하고 있다. 그리라면 그릴 수도 있다. 그때 덮었던 이불의 무게와 질감, 습기 하나 없이 보송보송했던 피부, 밤새 방안에 가득 찬 숨 냄새 같은 것들….

잘 차린 아침 식사로 유명한 고택이었는데, 우리는 늦잠에서 막 깬 참이었다. 염치없지만 늦은 아침 식사를 부탁드린다고 말하러 나갈 때 마룻바닥에선 '삐그덕' 소리가 났다. 어쩌면 그때부터였을까? 우리는 조금씩 멀어지고 있었다. 누군가의 마음이 먼저 식어갈 때의 서늘함, 환절기 같은 우울, 독하고 지긋지긋한 감기 같았던 안녕. 그 역시 또렷했다.

헤어질 때의 모든 감정은 극단적으로 낯설었다. 한 번도 안 냈던 화를 냈다. 상대를 밀어낼 땐 무슨 돌부처 같은 표정이었다. 너무 울어서 지쳐 잠들거나 걸려오는 전화를 외면했던 순간들이 하나하나 액자처럼 걸려 있는 방이 내 마음속엔 있었다. 자주 들어가는 방은 아니지만, 그 방에 놓여 있는 것들 역시 정확하게 알고 있었다. 언제, 누구와, 어떻게 그랬는지. 그래서 얼마나 잔인하게 아팠는지도.

그렇게 선명하니까, 너무 괴로워서, 그 방들은 아주 무거운 문으로 닫아놓았다. 거대한 자물쇠도 몇 개나 채워놓았다. 그래도 들어가고 싶을 땐 유령처럼 스르륵 들어갈 수 있었다. 아무리 외면하고 싶은 방이라도 결국엔 내 마음이니까.

이렇게 모든 배경이 선명한데 얼굴만은 희미했다. 그렇게 좋아했던 얼굴인데도 떠올릴 때마다 그랬다. 얼굴만 그려보자면 어떻게든 할 수 있었다. 아주 작은 디테일부터 차근차근 시작했다. 해가 저쪽으로 떨어질 때 몇 가지 색으로 빛나던 머리카락의 색깔, 둥글었던 이마 모양, 광대 주변에서 반사되던 솜털, 눈이 부셔서 약간 찌푸린 눈동자.

여기서 조금 더 힘을 내야 했다. 그러면 코와 입, 입술, 그때 했던 말, 목소리와 말투까지 가까스로 복원할 수 있었다. 하지만 이런 식으로 형태를 완성한 후에, 다시 배경으로 돌아가면 그새 희미해지고 말았다. 그렇게 좋았던 얼굴이 같이 있었던 모든 배경에서 사라져 있었다. 고약한 꿈처럼, 얼굴에만 안개가 끼어 있었다.

처음엔 냉정이 과하다고 생각했다. 상처를 극복하는 일과 상대를 잊는 일은 다른 거잖아? 회복할 순 있지만 그렇게까지 잊어야 해? 사람이 단단해지는 것도 정도가 있다고 여겼다. 가끔 친구랑 둘이서 지나간 인연에 대해 이야기할 땐 본의 아니게 차가운 사람 취급을 받았다.

미련을 안주 삼아 씁쓸하게 한 잔 정도 마시는 술이 유난히 달게 느껴지는 때도 없지 않으니까. 하지만 회상하면서 미화하는 이별에는 취미가 없었다. 어쩌면 방어 기재가 작동한 것 같았다. 친구한테는 이렇게 말했던 것 같다.

"생각하면 너무 슬프니까 아주 지워버렸나 봐. 그런 기억은 뇌가 알아서 지워준다며? 아니면 뭐, 그냥 외면하는 건지도 모르지. 그런데 돌이키면 뭐해? 이별을 어떻게 미화해? 세상에 쿨하고 예쁘고 좋았던 이별이 어디 있어? 넌 그렇게 헤어진 적 있어? 좋을 땐 좋아서 같이 있었고, 헤어질 땐 더 이상 좋을 수 없어서 그랬던 거 아니야? 그때 그렇게 추하게 울고불고 그랬던 거 생각만 해도 슬퍼. 피곤해. 그거 말고도 피곤한 일 천지야."

이별 후엔 늘 정면승부였다. 아무것도 피하지 않았다. 그 사람이 좋아했던 물건, 작은 선물, 깜빡 잊고 놓고 간 뭔가를 억지로 버리지도 않았다. 시선이 갈 때마다 피하지도 않았다. 가슴이 저릿하면 아직 이별 중이라는 뜻이었다. 그럼 다시 무뎌질 때까지, 상처에 생긴 딱지가 완전히 떨어질 때까지 더 바라봐야 한다는 뜻이었다.

매번 아파하면서도 그리워하진 않았다. 보고 싶다는 말은 지금 사랑하는 사람한테 하는 거니까. 그립다는 말도 마찬가지라고 생각했다. 다 끝난 인연끼리 보고 싶어 하는 마음이야말로 노을처럼 허무했다. 단 한 번도, 이별의 아픔이 남은 사랑의 증거였던 적은 없었다.

하지만 어느 날, 옛날에 쓰던 지갑 속에서 딱 신용카드 크기만큼 잘라놓은 사진을 발견했을 땐 그 자리에 굳은 듯 서 있었다. 아마 로맨틱한 마음이었을 것이다. 늘 갖고 다니다 보고 싶을 때마다 꺼내 보길 원하는 마음, 휴대전화에 수백 장씩 들어 있는 사진과는 약간 다른 무게감, 스트리밍 대신 LP를 선택하는 저녁의 낭만 같은 것. 모든 게 선명하게 생각났다.

너무 추워서 말할 때마다 하얗게 입김이 나오던 날이었다. 우린 어떤 동상 앞에 좀 왁자지껄하게 서 있었다. 해는 서쪽 하늘에서 빨갛게 지고 있었다. '따뜻하고 맛있는 걸 먹으러 가자'며 발걸음을 재촉할 때 지갑 속에 넣어둔 사진이었다. 하지만 사진 속에서 웃는 그 얼굴은 이상하게 낯설었다. 그럴 리 없는 사람인데도 그랬다. 이상한 체험. 나는 그래서 굳어 있었다. 그때 그렇게 사랑했던 얼굴인데, 우리가 헤어지던 장면 속에서 기억하던 그 얼굴과는 완전히 다른 사람 같아서였다.

사랑했던 그 얼굴이 거기서 웃고 있다는 사실을 완전히 잊고 있었던 동안 우리는 각자 변하고 있었다. 좋았던 시간이 그렇게 지갑 속에 봉인돼 있었던 동안, 그때의 우리와 지금의 우리는 얼마나 다른 사람이 된 걸까?

몇 개월의 좋은 시간, 서서히 멀어지는 걸 피부로 느낄 때의 서늘한 감각, 마침내 우리가 함께일 수 없다는 사실을 확인했던 순간이 계절처럼 흐른 다음이었다. 그렇게 좋았던 그 사람과 이별했던 그 사람이 지갑 속에서 서로 다른 사람이 되었을 때, 우리는 겨우 타인이 된 것 같았다.

사진은 다시 지갑 속에 넣어두었다. 이제는 쓰지 않는 지갑이었다.

당신과 헤어진 여름엔 내내 휘청거렸다.

술도 웃음도 과해서 갈팡질팡했다.

마음은 테두리를 다 잃었다.

무너지고 있다는 걸 알면서도 방향을 틀지 않았다.

다른 말들은 다 거짓이라도 웃음에는 죄가 없다고….

몇 번이나 되뇌면서 그 많은 밤을 밖에서 보냈다.

나. 헤어졌어, 난 결혼해, 연애가 이런 거였어?

약 6개월 만에 만난 친구 사이였다.
그동안 참 많은 일이 있었고, 우리는 하나도 슬프지 않았다.

"야, 나 헤어졌어."

"정말? 왜? 얘기해봐."

"야, 잠깐만. 이거 맛있다. 이것부터 먹어봐."

만나면 늘 이런 식이었다. 사건의 무게가 춤을 추기 시작했다. 아주 슬픈 일이 갑자기 가벼워지고, 아무렇지도 않았던 일은 느닷없이 무거워지곤 했다. 우리가 서로 의지하고 버텨내는 방식이었다. 오늘은 색깔이 너무 좋은 참치회를 부위별로 마주하고 있었다. 막 한 점을 들었을 때, A가 이별을 말했다. 이별은 언제나 슬프지만 참치도 늘 맛있으니까.

"응응, 말해봐. 듣고 있어."

"오, 이거 진짜 맛있는데? 여기 어디지? 뱃살인가? 도로? 오도로? 나도 참치로 태어났어야 했는데."

"너네 몇 년 만났지?"

A과 A의 남자친구는 3년이나 만난 사이였다. 30대 중반에 3년 이상 이어졌던 관계에서 결혼을 생각하는 건 이상한 일이 아니라고 생각했다. 그들도 당연히 결혼 근처에 있었다. 양쪽 부모님은 서로의 존재를 알았다. 몇 번은 식사도 같이 했다. 그런데 이상하게 엇갈리는 느낌이 있었다. 하지만 둘이 있으면 마냥 좋았으니까, 결혼은 때가 되면 자연스럽게 따라오는 수순 같은 거라고 믿고 싶었는지도 몰랐다.

"들어봐, 진짜 느닷없이 헤어졌어, 우리. 한 3시쯤? 무슨 테러 당하듯이."

"오후? 새벽?"

"새벽, 자다가 일어나서. 진짜 갑자기 진지해져서."

평소처럼 잠든 밤이었다. 하지만 문득 서로의 몸이 닿았을 때 유난히 뒤척이기 시작했는데, 그러다 갑자기 예민해졌다. 남자의 한숨에는 짜증이 섞여 있었다. A는 그럴 일이 아니라고 생각했다. 그런데 남자가 정색하고 말을 꺼내기 시작했다. 시작은 충동적이었는데 내용은 그렇지 않았다. 둘 사이에 오래 묵은 감정이 하필이면 그날 새벽에 쏟아진 거였다.

"그래서 핵심이 뭔데?"

"내가 자길 주눅 들게 한대."

"오, 잘 헤어졌다. 너 때문에 주눅 든다는 남자는 만나면 안 돼. 근데 3년 내내 그랬대? 그 얘길 왜 이제 와서 해? 무슨 소리야 그게? 못난 놈."

이런 종류의 슬픔은 슬픔으로 희석되는 게 아니라는 걸 지금은 안다. 우리는 A의 상황에 충분히 공감하면서, 어떤 이별은 그저 축복이라는 걸 말해주고 싶었다. 누가 누굴 주눅 들게 하는 관계가 오래오래 좋을 리 없으니까. 게다가 그런 말을 새벽에, 홧김에, 느닷없이 꺼내는 남자야말로 분명히 별로라서. 그때 B의 오른손에 낀 반지가 눈에 들어왔다.

"오, 그 반지는 뭐야? 결혼해?"

"아니, 이 반지는 그냥 커플링. 결혼은 내년에 해. 다음 주에 사진 찍어, 우리."

"정말? 왜 얘기 안 했어! 축하해!"

B는 신중한 남자였다. 청첩장이 안 나와서 아직 정식으로 말을 못 했고, 그런 말을 할 땐 정식으로 초대한 자리여야 한다고 믿었다. 다음 주 초에 진행할 웨딩 사진 촬영 때문에, 역시 진지하게 다이어트에 돌입한 상태였다. 술잔을 나눠 비운 적이 없는 친구였는데 오늘은 좀 소극적으로 마셨던 이유였다. 좋은 날 잘 보이고 싶은 마음. 우린 진심으로 응원하고 싶었다. B가 말했다.

"그런데 그게 진짜 어려운 것 같아. 정서적으로나 사회적으로 힘들 때 잘 지내는 거."

"그치? 정말 살만 닿아도 밉고 싫을 때는 어떡해? 진짜 간절히 혼자이고 싶을 때는? 참아?"

"모르겠어, 지금은 정말 모르겠어. 결혼 뭐야?"

대화가 이별에서 결혼으로 넘어갔을 때, 우리는 아는 게 아무것도 없었다. 누구도 경험해본 적 없는 세계의 문턱에 B가 있었다. 자연스럽지만 당연하지는 않은 이벤트, 행복하지만 두려운 일상, 많은 것을 약속하지만 아무 것도 보장하지는 않는 세계의 단어이기도 했다. 그때 점원이 두 번째 참치를 내왔다.

"와, 너무 좋은 부위다. 많이 주세요. 얘 엊그제 남자친구랑 헤어졌거든요."

"저 차였어요. 대차게."

우리도 웃고 점원도 웃는 사이에 A의 마음이 조금은 편해졌을까? 전에 없이 슬픈 날에도 배는 고팠다. 세상 비참한 기분일 때도 좋은 음식은 마냥 맛있었다. 이건 축복일까 아이러니일까? 누군가와 헤어져서 다시는 볼 수 없는 사이가 됐을 땐 좋은 친구들과 맛있는 음식을 먹는 시간보다 나은 게 없었다. 주눅 든 '전 남친'보다 몇 배는 오래 갈 인연. 우리끼리 있을 땐 어쨌든 삶이 이어진다는 사실만이 중요했다. 이번엔 C가 말했다. 오래 만났던 여자친구와는 작년 말에 헤어진 친구였다.

"나는 새로 만나는 사람 생겼어. 하하, 축하해줘."

"와! 정말? 축하해! 누구야? 우리가 아는 사람이야? 불러, 지금. 같이 참치 먹자고 그래."

"그래, 불러. 누군데? 좋아?"

C는 '데이트'라는 말이 새삼 좋아졌다고, 소주를 반 잔만 마시면서 말했다. 주중에는 정신없이 일하고, 같이 식사를 할 수는 있어도 일찍 헤어져야 하고, 주말에 어디서 어떤 음식을 먹을지를 생각하면 그렇게 행복하다고. 어렸을 때처럼 두근대고 설레는 마음과는 조금 다르게 매일매일 많이 보고 싶다고도 했다.

일은 평일에 열심히 했다. 주말에는 두 사람만의 시간을 충분히 확보했다. 아주 평온하고 규칙적이지만 분명한 쾌락이었다. 다른 어떤 것보다 자극적인 일상이기도 했다. 지금까지의 어떤 만남과도 다른 감정을 이런 식으로 느끼게 될 줄은 몰랐다고, C는 말했다.

"야, 근데 정말 신기하다."

"뭐가?"

"나는 대차게 헤어지고, 너는 결혼하고, 너는 다시 연애를 시작했잖아."

"진짜 관계의 모든 스펙트럼이 이 테이블 위에 다 있다, 야."

"나, 다시 연애할 수 있을까?"

"당연하지, 너한테 주눅 든다는 사람만 만나지 마.

일단 좀 쉬어. 너 걔 너무 오래 만났어. 고생했어. 좋잖아, 혼자 있는 거! 막 즐겨. 다 해."

우리는 마지막 잔을 비우면서 크게 웃었다. 셋이서 소주 두 병 반을 알차게 나눠 마신 참이었다. 적당히 취기가 올랐을 땐 조용한 카페를 찾았다. 몇 년 전이라면 상상도 못할 수순이었다. 셋 다 주당이니까, 아마 2차도 3차도 소주였을 것이다. 하지만 이날은 달랐다. 내일 해야 하는 중요한 일들이 각자 있었고, 깊은 얘길 나누는데 굳이 취기를 빌릴 사이도 아니었다.

3시간 남짓. 맛있는 음식, 적당한 술, 솔직하고 풍성한 이야기와 웃음이 우릴 가득 채운 시간이었다. 내일은 내일의 시간이 우릴 기다리고 있었다. 카페에서 나왔을 때, 골목 맞은편에 있는 작은 베이커리에선 크리스마스 캐럴이 나오고 있었다.

자주 슬프고 매일 두렵지만 이 정도면 나쁘지 않다고, 돌아가는 택시 안에서 생각했다.

우리는 그렇게 울었는데

‘가슴이 아프다’는 말이
바로 그런 느낌이라는 걸 몸으로 알았던 가을 오후.

고개를 들었을 때 그 애의 어깨가 젖어 있는 걸 봤다. 다 내 눈물이었다. 오후 3시 즈음의 카페는 한산했다. 테이블 위에는 휴지가 수북했다. 누군가 우리 옆을 지날 때마다 흘끔거리는 시선이 그대로 느껴졌다. 멀리 앉아 있는 또 다른 커플도 마찬가지였다. 젖어 있는 어깨 너머로 가끔씩 그들과 눈이 맞았다. 우릴 보면서 안쓰러워하고 있었다. 더러는 비웃음이었는지도 몰랐다.

이별은 결국 그런 거였다. 누군가 우리 둘을 보면서 안쓰러워하거나 제 편한 대로 생각하는 일. 지금은 그렇게 슬프지만 아무렇지도 않은 날이 곧 온다는 걸 당사자들만 모르는 일.

얼마나 만난 후에 헤어졌는지는 가물가물하다. 지나간 인연이란 늘 그런 식이었다. 그렇게 울었으면서 이젠 돌이켜보려고 애를 써도 흐릿했다. 그때 메모해둔 종이들이 서랍 어딘가에 들어 있을까? 그 후에 주고받았던 편지들도 아직 있나? 그게 다 무슨 소용이야? 시간은 잔인하고 자연스러웠다. 깊어지는 사랑은 자애롭고 따뜻하게 영원을 향해 갈듯 했지만, 끝난 인연은 곧 잊혀졌다. 우리가 어디서 어떤 시간을 보냈는지, 어떤 눈빛으로 서로를 봤는지, 어떤 대화를 나눴는지, 그래서 얼마나 애틋했는지도.

하지만 이별하던 날, 내가 몸으로 느낀 것들만은 아직 생생하게 기억하고 있다. 나는 그 애의 어깨와 목 사이에 얼굴을 묻고 좀 민망할 정도로 울었다. 어깨와 가슴이 그렇게까지 들썩인다는 것, 어떤 슬픔 앞에서 내가 통제할 수 있는 건 아무것도 없다는 걸 깨달으면서 울었다. 울고 나면 시원해지는 마음도 있다던데, 기왕 울기 시작했으니 어디 한번 그칠 때까지 울어보자는 심산이었다. 모든 마음의 앙금, 애정의 뿌리까지 남김없이 뽑아 없애는 기분으로 한번 울어보고 싶기도 했다.

그때 그 카페 테이블에는 원래 작은 크리넥스 상자가 놓여 있었는데, 우리가 울기 시작하고 약 30분 정도가 지났을 때는 두루마리 휴지로 바뀌어 있었다. 너무 많이 써서 점원이 바꿔 둔 것이었다. 아마 그 후로도 한참을 더 울 것처럼 보였을 테니까.

"우리 이제 어떡해? 학교에서 만나면 인사는 해도 돼? 가끔 점심 정도는 같이 먹을 수 있어? 같이 수업 들을 때 나란히 앉으면 이제 이상한 거야?"

울면서 이런 질문을 하는 남자애를 바라보던 눈빛. 아직 조금은 남아 있는 애정, 우리가 같이 보낸 시간에 대한 의리, 그래도 좋은 인연이었다는 믿음이 뒤섞여서 다시 눈물이 차오르기 시작하는 동공. 억지로라도 웃고 있던 입술이 다시 울먹이기 시작할 때, 우리는 누가 사인이라도 한 것처럼 다시 울기 시작했다.

"그런 질문 그만해."

"헤어지면 어떻게 되는 건데? 모르는 사람처럼 지내야 하는 거야? 아는데 어떻게 모르는 사람처럼 지내?"

밖에선 오후가 한창이었다. 우리가 앉아 있던 소파는 처음보다 몇 센티미터는 더 꺼진 것 같았다. 점원이 테이블 위에 수북이 쌓여 있는 휴지를 모아서 버려주었다. 우리는 음료를 한 잔씩 더 주문하면서 웃으려고 애를 썼다. 아까 했던 질문에 대한 대답을 찾아보려고, 앞으로는 어떻게 지내야 하는지에 대한 논의를 다시금 시작해보려고 했다. 한숨을 크게 쉬고, 가슴을 쓸어내리고, 따뜻한 음료를 마시면서 마음이 조금 가라앉았다. 그러다 무심코 손을 잡았을 때.

"우리, 이제 손 잡으면 안 돼. 그러면 안 되는 거야. 헤어지는 건 그런 거야."

"응…."

너무 많이 울면 모골이 송연해졌다. 말 그대로였다. 몸에 기운이 빠지면서 추위에 떠는 것처럼 움츠러들었다. 정수리 언저리에서 뭐가 '쉭' 하고 새는 소리를 들은 것 같기도 했다. 이제 울기는 우는데 눈물이 나지는 않았다. 가슴 언저리에서 통증이 느껴지기 시작했다. 이미 마른 땅이 다시 말라서 갈라지는 것처럼, 가슴 가운데에서 '쩍' 하고 뻐근하게 쪼개지는 소리가 나는 것 같았다. 나는 주먹으로 가슴을 통통 치다가, 다시 한숨을 쉬다가, 다시 몇 번인가 가슴을 쳤다.

"왜 그래? 아파?"

"응, 가슴이 아파."

발목을 접질리거나 어디 인대가 늘어났을 때처럼, 너무 슬퍼서 울고 또 울면 가슴에 통증이 느껴진다는 걸 그때 알았다. '가슴이 아프다'는 말은 무슨 노래 가사에 나오는 말이 아니었다. 그 어떤 서정과도 무관한 물리적 묘사였다. 우리가 카페에서 나왔을 땐 몇 시쯤이었지? 거기서 나왔을 땐 분명히 서로 반대 방향으로 걸었어야 했는데, 누가 누굴 마지막으로 바래다주겠다고 고집을 피운 결과는 어느 쪽이었지?

하지만 그런 기억은 이제 흐릿하지도 않다. 아주 깔끔하게 없었던 일처럼 지워져 있다. 그 흥건했던 눈물조차 지금은 슬프지 않다. 어딘가 뭉클하는 식으로 마음을 건드리지도 않는다. 지나서 과거가 된다는 건 그런 뜻이었다. "가슴이 아프다"는 말의 주어가 사실 슬퍼하는 사람의 몸이라는 사실만은 잊지 않았어도, 그날 우리를 둘러싸고 있던 모든 배경과 감정은 일어난 적도 없었던 일처럼 지워져버리는 것.

우리는 그렇게 울었고, 사랑은 이토록 깨끗하게 잊혔다.

하루면 되는 이별

—

망설이지 말걸 그랬어.
이 정도로 끝나는 인연이었다면.

—

모든 이별은 갑자기 왔다. 완벽하게 믿고 있을 때 당하는 배신, 돌이킬 수 있는 지점을 훌쩍 넘어가서 잔인했던 상대의 행동, 이렇게 될 줄 모르고 그랬다며 하는 늦은 사과. 용서를 못하는 건 누가 냉정해서가 아니었다. 용서하고 이해하려고 몇 번이고 애를 썼지만 그때마다 미끄러졌기 때문이었다. 최선의 최선을 다하고 감성과 이성을 총동원해도, 그렇게라도 '우리'를 유지하려는 시도마다 실패했기 때문이었다.

그 즈음의 용서는 삼킬 수 없는 음식, 오를 수 없는

언덕 같았다. 세상에 영원한 비밀은 없었다. 들키지 않는 배신 같은 건 존재한 적도 없었다. 그건 이별을 두려워하지 않는 사람만이 가질 수 있는 아둔한 믿음 같았다. 애초에 사랑의 속성을 모르는 사람이거나.

무슨 일이 있어도 믿고 또 믿어주기로 나 혼자 약속하지 않으면 어떤 관계도 시작할 수 없었다. 믿음은 온전하며 편안한 감정이자 상태였다. 누구 앞에서 어려워하고 의심하면서 할 수 있는 사랑이라는 건 모조리 거짓 같았다. 그건 자기 구멍을 메우기 위해 억지로 채워 넣는 관계, 오로지 타인의 몸을 취하기 위해 몰래 놓는 덫이었다. 자기도 모르는 결핍을 관계로 채우려는 사람에게는 늘 희생양이 필요했다.

사랑을 못 믿는 사람은 의심과 냉소만이 똑똑한 태도라고 생각했다. 그러면서 사랑에 빠진 사람을 비웃음거리로 삼았다. 하지만 세상에 의심하면서 하는 사랑도 있나? 냉소한다고 상처를 피해갈 수 있을까?

사랑은 매번 무방비 상태였다. 심지어 좀 멍청해진 상태에 가까웠다. 누가 '재 요즘 왜 저러니?' 같은 질문을 해올 때 조금씩 느낄 수 있었다. 아, 지금 머릿속에 있는 그 사람과의 관계가 지금 막 시작되려는 모양이구나 하고. 누가 내 앞에서 그 사람 흉이라도 볼 땐 '그런 의도가 아니었을 거야', '원래 좀 서투른 면이 있어' 같은 말로 두둔하는 데도 망설임이 없었다. 그렇게 믿으니까 그렇게 보는 것이었다. 이게 사랑의 함정 같았다. 다 알면서도 빠지는, 빠지고 나서도 한참을 모르는 함정. 부드럽게 빠졌다가, 혼자서 하늘만 보다가, 결국 혼자 울면서 한참을 기어올라야 다시 맨땅을 밟을 수 있는 각자의 깊이.

그날도 배신을 깨달은 밤이었다. 실은 그랬다는 이야기를 듣는 내내 무서웠다. 존재가 박살나고 마음이 산산조각 날 것 같은 두려움, 지금껏 좋았던 모든 순간을 다시는 나눌 수 없을 거라는 상실감, 익숙해서 편하고 즐거웠던 하나의 우주를 내 손으로 파괴해야 한다는 부담을 별 준비도 없이 마주해야 했다.

분노는 오히려 천천히 왔다. 이별은 잔잔하지만 강력한 스트레스였다. 어떤 순간을 지나고 나면 무슨 수를 써도 돌이킬 수 없는 결심이었다. 휴대전화가 점점 뜨거워지던 새벽, 길어지던 상대의 변명을 들으면서 조금씩 끊어내던 마음.

전화를 끊고 고개를 뒤로 젖혔다. 뇌가 다 쪼그라든 것 같았다. 누가 소금에 절여서 말린 것 같기도 했다. 내가 이 상태에서 회복할 수 있을까? 영원히 이렇게 절여진 채, 사랑에 막 빠질 때의 그 무방비 상태로 아무나의 함정에 또 깊이 빠져버리는 건 아닐까? 다시 두려움, 이미 상실감, 앞으로는 혼자 다 짊어져야 한다는 부담이 나를 공격해왔다.

눈물도 안 나는 피로감을 그대로 얹어두고 눈을 감았다. 낮고 고른 숨을 쉬면서 그 숫자를 헤아렸다. 186개 정도의 들숨과 날숨을 헤아렸던 새벽이었다. 모든 타인으로부터 고립되고 싶은 밤이었다. 갑자기 졸음이 몰려왔을 땐 너무 많은 걸 한꺼번에 포기해야 했다. 그래야 조금은 마음을 놓을 수 있었다.

아침엔 내 몸이 솜 같았다. 팔과 다리에는 아무런 힘이 없었지만 머리만은 해방된 것 같았다. 이것이 잠의 힘일까? 어젯밤에는 내 뇌가 수백 덩어리로 갈라져서 서로 꼭 쥐고 짜는 것 같은 상태였는데, 그저 평소의 미미한 두통만 남은 것 같은 상태로 깼다. 개운하다 말할 수 있는 정도는 아니었지만, 이 정도면 몇 개의 질문을 던져 볼 수 있었다. 이별을 위한 질문이었다.

"나는 혼자라도 괜찮은가? 그 사람이 없는 일상이라도 괜찮은가? 앞으로의 외로움을 감당할 수 있을까?"

몸을 씻고 아침을 챙겨 먹으면서 이 질문들을 주문처럼 되뇌었다. 옷을 갖춰 입고 외출 채비를 하는 동안 마음이 조금 더 가라앉았다. 집앞 골목을 걸으면서, 마침내 대답할 수 있었다.

"같이 있을 때도 실은 혼자였다. 그러니 외로움이야말로 자연스러운 상태…. 나는 외롭고, 따라서 자연스럽고, 마음은 이제 검소해졌다."

같이 있었던 모든 순간이 실은 부자연스러웠다는 사실을 누구와 헤어질 때마다 깨달았다. 헤어지자는 선언, 이제 연락하지 말자는 경계, 앞으로 만날 일 없을 거라는 마무리는 빠르면 빠를수록 좋았다. 같이 지내는 행복이 있었다면 혼자 지내는 행복도 엄연한 거라서, 나는 조금 편해진 머리로 혼자 걸으면서 자유로웠다. 마음도 책상 같았다. 너절하게 늘어놓을 땐 되는 일이 없었다. 돌이킬 수 없다면 정확하고 도톰한 선을 그어두는 편이 늘 나았다.

나는 그렇게 죽은 사람이 되려는 참이었다. 한때 행복했던 인연에게, 이제 영원히 없는 사람이 되어야 하는 아침이었다. 적당했던 행복, 길었던 배신, 하룻밤의 스트레스, 하루면 되는 이별이었다.

아무것도 하찮지 않았지만, 억지로 쥐고 있어야 할 이유도 모조리 사라진 아침이었다.

누군가와 나눠야 하는 시간은 전혀 일상적이지 않았고
비일상에는 예측할 수 없는 변수가 있었다.
관계의 기회비용, 이별과 마찰의 위험부담이었다.
나는 도망치듯 혼자를 택했다.

시간이 사막 같았다.

나는 먼지야, 혹은 빛이야

—

살아 있는 일 자체를 어색해하는
이 느낌을 공유할 수는 없었지만.

—

2시간쯤 흘렀나 하고 시계를 보면 30분 정도 지나 있었고, 15분 정도 지났을까 하고 다시 시계를 보면 3시간이나 흘러 있었다. 비는 누굴 타박하는 것처럼 내렸다. 나는 책을 읽거나 말거나 하면서 미지근한 음료와 찬 음료를 번갈아 마셨다. 하루가 질척거리고 있었다.

이런 기분이 처음은 아니었다. 그때 나는 대학생이었다. 3, 4교시 수업을 마치고 학교를 떠나는 오후 1시경, 나는 땅에서 30센티미터 정도 떠 있는 기분으로 외대역에 서 있었다. 도무지 이 세상에는 속한 것 같지도 속할 수도 없을 거라는 생각 때문에 막막한 채였다. 9월의 햇빛은 강해도 너무 강했다. 건조하고 쨍한 역사에는 나보다 밝은 사람들이 많이 있었다. '까르르'와 '하하하'가 가득 찬 것 같은 역사에서 나는 혼자였다.

가까이에 친한 누군가 있었다면 다 털어놓고 싶은 심정이었다. 누구에게라도 도움을 청하고 싶은 느낌이었다. 혹시 그게 외로움이었을까? 그보단 조금 더 위험하고 고립된 감정 같았다. 나한테는 누군가가 필요한 게 아니었다. 차라리 먼지가 되어 날아가거나 빛이 되어 산란하고 말 것 같은 마음이었다. 원래 먼지나 빛이어야 했는데 몸이 있는 게 이상하게 여겨질 정도였다. 하긴, 쉽게 꺼낼 수 있는 얘기도 아니었다.

"잘은 모르겠지만, 우성이 너는 어렸을 때 분명히 우울증을 겪었을 거야. 아마 10대 때? 20대 초반에? 근데 그런 줄도 모르고 혼자 이겨냈을 거야. 그래서 지금 이런 어른이 될 수 있었던 거겠지."

언젠가, 마음에 대해 오랫동안 고민하고 공부해온

친구는 이런 말을 조심스럽게 했다. 늘 괜찮아 보이는 사람이 실은 더 위험하고, 어둠을 아는 사람만이 밝게 버틸 수 있다는 말도 같이 했다. 하지만 나한텐 그게 일상이었다. 내 감정이 우울감인지 그 상태가 우울증인지는 모르고 지내온 시간이었다. 일상은 원래 그런 색깔인 줄 알았다. 사는 게 원래 그렇게 위태위태한 줄 알았다. 어색하고 무력하지만 어떻게든 힘을 내서 버텨야 하는 시간.

학교에서는 늘 활발한 편이었다. 동아리 활동도 열심히 했다. 주변엔 늘 누군가 있었다. 내가 좋아하고 나를 좋아하는 사람들. 나는 참 편하게 솔직했고 그들도 마음을 보여주었다. 어디 가서 외로움을 말할 수 있는 형편이 아니었다는 뜻이다. 언젠가 비슷한 얘기를 꺼낸 적이 있었는데, 그때도 다들 좀 심드렁했다.

"혹시 그런 적 없어? 내가 분명히 두 발로 서 있는데, 이렇게 붕 떠 있는 것 같은 느낌인 거야. 이 땅에 서 있는데 이 땅에 속해 있지 않은 거지. '둥둥둥' 하늘로 가는 것도 아니고 땅에 머무르는 것도 아닌 상태 있잖아."

너무 추상적인 얘기라는 걸 모르지 않았다. 하지만 달리 설명할 수 있는 언어도 없었다. 그때 이 얘기를 들었던 친구들은 전혀 모르겠다는 표정을 지었다. 그날 이후로도 그런 감각은 사라지지 않았다. 다시는 아무에게도 이야기하지 않았다.

실은 살아 있다는 사실 자체가 어색해서 당황하고 있었다. 주변엔 늘 사람이 있었지만 어디에도 속해 있지 않은 것 같아서였다. 강남역이나 광화문 같은 데서 쏟아져 나오는 인파를 볼 때마다 저 많은 사람들은 다 어떻게 살고 있는지 궁금해했다. 나는 이유를 모르겠으니까 저들에게서 답을 찾고 싶었다. 그날 오후의 외대역, 이후의 숱한 밤을 가득 메웠던 '까르르'와 '하하하'의 일부가 되고 싶기도 했다. 30대에도 다르지 않았다. 혼자서만 몇 번이나 되물었다. 이런 부조화를 어떻게 해야 하지?

겉에서 보기에는 안정적일 수 있었다. 나는 분명히 그런 생활을 구축해가고 있었다. 하지만 여전히 부유하는 것 같아서 일에 매달렸다. 일은 늘 확실했다. 시작과 끝이 또렷했다. 매달리면 성과가 있었다. 발전하는 느낌도 나쁘지 않았다. 그렇게 애를 쓰는 감각 자체가 살아 있다는 어색함을 효과적으로 지워주는 것 같았다. 그래서 더 매달렸다. 과로로 삶을 지탱하고 있었다.

그렇게 가파른 균형 속에서도 매혹이 없지 않았다. 그 순간에 인생의 전부가 걸린 것 같이 착각했던 밤, 지금 택시에서 내리면 다신 볼 수 없을 것 같은 눈빛에 대한 기억이 하나 둘씩 생겼다. 가끔은 사랑 같았다. 기꺼이 뛰어들었다. 옳고 그름에 대한 판단 같은 건 잠시 미뤄두고 일하듯 최선을 다했다. 그러다 때가 됐을 때, 재투성이가 되어 헤어졌다.

모든 관계가 해야 하는 일과 하면 안 되는 일, 하고 싶은 일과 할 수 있는 일 사이에 있는 퍼즐 같았다. 나는 그 사이에서 자주 지쳤다. 사랑에 대한 그 많은 아포리즘, 너무 많은 사랑 얘기와 영화들을 알고 있었지만 소용없었다. 늘 서툴고 매번 당황스러웠다. 사랑은 닥칠 때마다 백지 같았다.

좋은 사람이 되고 싶은 마음은 자주 좌초했다. 실패라고 하고 싶지는 않았지만, 그땐 누구와 함께 있어도 부유하는 느낌이 가시질 않았다. 누구의 잘못도 아니었다.

다만 그런 시기였을 거라고, 지금은 생각한다.

다시금 그런 주말이었다. 그날 그 지하철역에서 처음 느꼈던 그 '둥둥둥' 이후 십수 년이나 흘렀는데도 다시 생생하게 혼자가 된 것 같았다.

아무것도 할 수 없고 아무 일도 해서는 안 되는 존재가 된 것 같은 오후. 나는 먼지 혹은 빛이었다.

다시 평범한 주말

—

잠을 자고 나면 모든 게 조금 더 가벼워졌다.
슬픔은 생각보다 빨리 끝났다.

—

헤어지고 나면 일상이 적막해졌다. 작은 세계가 무너지자 시간에는 공백이 생겼다. 원래는 같이 있어야 할 순간마다 혼자 있게 됐다. 이제는 안을 수 없는 그 몸의 부피만큼 쪼그라든 일상을 애써 가엽게 여기면서, 세상 가장 불행한 사람처럼 울어도 부끄럽거나 억울하지 않은 시기. 외로움의 정수가 거기 있는 것 같았다. 엄연히 있지만 서로에게는 없어야 했다. 헤어진 우리를 위해 지켜야 하는 예의와 수칙들이 갑자기 늘어났다.

갑자기 구멍이 된 시간을 메우려고 애를 쓰지는 않

았다. 나는 대체로 움직이지 않았다. 소파에 아무 일도 하지 않고 누워 있었다. 눈을 감고 가만히 있었다. 배가 오르락내리락 하는 걸 느끼면서, 내가 숨을 쉬고 있으니 살아 있다는 생각 같은 걸 하면서 시간을 보내기도 했다. '어쨌든 살아 있으니 괜찮은 것 아닌가' 스스로 위로하다가 지나간 관계를 하나하나 되짚어 보기도 했다.

우리가 마지막으로 좋았던 건 언제였더라? 분명히 뭔가 달라진 기미를 발견했던 날이 있었다. 어쩐지 평소 같지 않았던 순간, 갑자기 타인처럼 느껴지는 거리감, 이유도 대상도 없이 원망하던 눈빛 같은 것들이 기억에 남아 있었다. 그럴 땐 대체로 모르는 척을 했다. 그 불안은 사실이 아닐 거라고 생각하면서, 눈앞에 있는 사람이 웃으면 그것으로 마음을 놓고 싶었다. 관계를 웃음으로 연장하는 식이었다. 어쩌면 서로 그랬다. 원해서 이별하는 사람은 없었다. 그 아픔을 다시 겪고 싶지 않은 건 도망치는 초식동물의 본능 같았다.

자고 일어나면 확실히 나아지는 게 있었다. 가슴 언저리가 요동치던 것도 호수처럼 잔잔해졌다. 이렇게 가만히 누워만 있다가는 오늘 하루를 그냥 날려버릴 것 같은 불안이 느껴질 땐 다 극복한 것처럼 느껴지기도 했다. 좋은 하루를 보내고 싶다는 건 건강한 의지니까, 그게 다시 살아난다는 건 이별의 허무로부터도 멀어졌다는 뜻으로 이해하고 싶었다.

나는 몸을 일으켰다. 밥을 차려 먹고 차를 내려 마시면서 다시 거실에 앉았다. 영화를 볼까 하다 말고, 음악을 들을까 하다 다시 말았다. 멀리 뒀던 휴대전화를 손에 들었다. 지나간 사진과 대화들을 볼까 말까 했다.

모든 게 사실이었다. 데이터는 곧 관계의 증거였다. 우리는 헤어지기 전에 이미 헤어져 있었다. 사랑은 몇 월 며칠 몇 시에 이미 끝났는데, 관계 그 자체를 볼모로 서로를 붙들고 있었던 장면들이 너무 많았다. 너와 내가 연인이라는 나약한 약속, 그러니 설사 마음이 식더라도 얼마간은 관계 그 자체를 위해 노력하자는 느슨한 다짐의 흔적들이 사진첩과 메시지 안에 그대로 남아 있었다. 이때부터는 스스로에게 조금씩 잔인해져야 했다. 어떤 것도 외면해선 안 됐다. 어떤 관계도 직면하지 않고 끝낼 수는 없었다. 그렇게 차근차근 끝내지 않으면 반드시 미련이 남기 때문이었다. 그렇게 너덜거리는 감정이 이별 그 자체보다 싫었다.

별이 좋은 날 카페에서 보낸 시간, 지금보다 어려서 마냥 좋았던 날들, 변하기 전에 아무 의심도 없이 나눴던 웃음들. 언제부터가 거짓이었는지는 이제 알 수 없게 됐다. 끝났으니까 돌아볼 필요가 없었다. 이런 걸 이별의 편리라고 해도 될까? 이제는 둘을 챙길 필요도 없었다. 사진을 지우고 대화방을 삭제했다. 다시 보지 않을 편지를 버리면서 느끼는 씁쓸하고 가벼운 각오로 밤이 조금씩 깊어지고 있었다.

아무도 만나지 않은 토요일 밤. 내일도 아무도 만나지 않을 예정이었다. 나의 이별을 남에게 의존했을 때 가벼워지는 기분이야말로 판타지 같았다. 술도 친구도 기쁠 때가 좋았다. 이런 슬픔은 혼자로도 족했다.

다시 잠들고 싶은데 이렇게 쌩쌩해서 어쩌지? 그렇게 괴로웠는데 잠 자체는 달콤했다는 사실을 생각하니 나는 좀 민망해서 혼자 웃었다. 배도 고프고 잠도 달콤했다면 그것만으로도 꽤 괜찮았던 하루 같았다. 슬픔이 다가오면 그대로 받아들이고, 그래서 눈물이 나면 주저 없이 울기로 했다. 냉정해지려고 애쓰지도 않고 과하게 감정에 취하지도 않으면서 지난 인연을 다시 한 번 보내주기로.

짧은 의식, 며칠 밤의 우울을 지나면 가까스로 혼자가 될 수 있었다. 나만 남았을 때 새삼스럽게 보이는 것들이 있었다. 사랑한다고 믿었지만 사실은 서로 애써왔던 일상들이 하나둘씩 고개를 들기 시작할 때, '헤어져서 다행이야', 이별을 이해하게 되는 순간도 만나게 됐다.

헤어지기 전의 우리가 습관처럼 만나던 시간에는 이제 자주 걷거나 뛰었다. 돌아오면 배가 고팠고, 밤이 깊어지면 잠에 들었다. 몇 번의 주말을 그렇게 끝냈다. 그때 같은 행복은 다 사라졌지만….

한 번 접힌 마음이 다시 펼쳐진 적은 한 번도 없었다. 나는 다시 평범해졌다.

눈의 흰색과 바다의 검정색

—

서울의 작은 방에선 견디기 어려운 이별이었다.
나는 강원도에 의지했다.

—

견디기 힘든 순간이 종종 찾아왔다. 괜찮을 거라고 생각했던 건 상태가 아니라 다짐이었다. 그럴 땐 막연하게 생각했다.

'아니, 괜찮지 않으면 어쩔 거야? 헤어진다고 뭐가 달라져?'

요동치는 마음을 별 도리 없이 누르고 있는 것이었다. 이럴 땐 책상다리를 하고 머리를 싹 밀어도 별 이득이 없다. 신문지 위에 떨어진 머리카락을 보면서 '잡념이 사라졌다'고 생각할 수 있는 건 평소와 같았는데, 그렇게 자르고 밀어내도 남아 있는 마음의 찌꺼기가 산더미 같았다. 우리가 같이 보낸 시간, 이제는 나눌 수 없는 것들, 마지막으로 헤어질 때 짓던 표정은 무슨 수를 써도 밀어낼 수가 없었다.

가만히 있으면 점점 더 무겁게 가라앉는 것 같았다. 기왕 이럴 거라면 좀 멀리 가서, 지금보다는 좀 낯설고 좋은 배경에서 슬프고 싶었다. 도망치고 싶은 게 아니었다. 그렇게 감각을 분산하고 싶었다. 내가 이별에게, 이별이 나에게 지킬 수 있는 마지막 예의 같았다.

그런 마음으로 차에 시동을 걸었던 건 토요일 저녁 7시 즈음이었다. 겨울 해는 일찌감치 떨어져 있었다. 영동 고속도로엔 의외로 차가 없었다. 나는 내내 2차선에서 느긋하게 달렸다. 떠나는 느낌이 나쁘지 않았다. 어디서든 벗어나는 것 같았다.

저녁은 여주 휴게소에서 느긋하게 먹었다. 나랑 비슷한 시간에 테이블에 앉았던 가족이 식사를 다 마치고 먼저 자리를 떴다. 또 다른 커플이 앉았다가 다시 떠난 후에도 내 식사는 끝나지 않았다. 너무 열어서 보리차 같은 커피를 마시면서도 행선지를 정하지 않았다. 강원도에는 눈이 막 내리기 시작했다는 소식을 들었다.

차 안에선 아무 음악이나 랜덤으로 틀어놓았다. 자동으로 생성된 목록에는 내가 듣던 음악과 그 사람이 좋아하던 노래가 섞여 있었다. 들려주던 노래, 같이 부르던 노래, 너무너무 힘들었던 날 선물처럼 받았던 노래들이.

나는 아는 노래가 나올 때마다 따라 불렀다. 배에 힘을 잔뜩 주고 아주 제대로. 그렇게 목이 갈라지고 말라올 때 즈음이었다. 앞 유리 위에서 흩어지기 시작하는 눈을 치우려고 와이퍼를 돌렸는데, 저 앞에 보이는 거대한 산이 느닷없이 흰색이었다.

어느새 눈이 쌓여 있었다. 도로는 반질반질했다. 그해 서울에선 이런 눈을 본 적이 없었다. 제대로 눈이 쌓인 걸 본 적이 없으므로 겨울도 아직이라고 생각했다. 2시간을 더 달렸더니 그 많던 눈이 다 사라졌다. 아마 산맥을 통과한 것 같았다. 나는 고속도로 마지막 휴게소에 내렸다. 입구엔 '바다가 보이는 휴게소'라고 쓰여 있었다. 아울렛 매장에선 등산복을 1만원에 팔고 있었다. 그

휴게소에서 불던 바람엔 색깔 대신 촉감이 있었는데, 입술이 다 말라서 허옇게 일어나는 소리를 들은 것 같기도 했다. 옆에 있다던 바다가 소리만 들리고 보이진 않길래 좀 멀리 걸어갔더니 그 바다는 온통 검정색이었다.

아무렇게나 달려 망상 해수욕장 인근에 도착했다. 이미 새벽 1시였다. 눈에 보이는 모텔에 들어갔다. 방을 좀 보겠다 했더니 주인 할아버지가 못내 따라나섰다.

"방은 볼 것도 없어요. 바다 다 보이고, 이 근방에 우리 집만 한 데가 없으니까."

카운터에 혼자 앉아 있던 주인의 목소리에는 졸음과 짜증이 반반이었다. 하지만 나한테 필요한 건 검정색 바다가 아니었다. 눕고 싶은 침대도 아니었다. 혼자 꼿꼿하게 앉아서 시간을 보낼 수 있는 의자였다. 걸어서 3층까지 올라간 방에선 퀴퀴한 냄새가 났다. 그런대로 잠을 잘 수는 있었지만 의자도 탁자도 없었다. 나는 거절할 수밖에 없었다.

"의자가 없네요. 의자가 있는 방을 찾고 있어요."

"젊은이가 이 새벽에 늙은이를 오르락내리락하게

만들고 말이야! 귀찮게!"

"…죄송합니다."

마침 맞은편에도 모텔이 있었다. 이번에도 먼저 방을 보겠다 했고, 열쇠만 받아 올라갔다. 창가에 단정한 탁자와 의자가 놓여 있었다. 좀 휑하다 싶을 정도로 넓은 7만원짜리 방이었는데 발코니로 나가면 저 아래가 절벽이었다. 불규칙하고 거대한 검정색 바위 사이로 파도가 부서지고 있었다. 시원하기도 무섭기도 한 소리를 잠깐 듣다가 그 방에 짐을 놓고 1층으로 내려갔다.

"너무 좋네요. 그 방으로 할게요."

"내일 해는 7시 15분에 떠요. 일출은 커튼만 열어놓으면 볼 수 있어요. 이 동네에 해 뜨는 거 그렇게 볼 수 있는 방은 우리 집밖에 없어."

"나는 타인의 다정함이 늘 필요해요"라고 말했던 건 누구였지? 블랑쉬였나? 스스로 외로움을 감당하지 못하는 사람의 안쓰러움과는 관계도 없이, 다정한 타인이 주는 위로에는 분명한 힘이 있었다. 나는 조금 부드러워진 마음으로 알람을 맞춰놓고 의자에 앉았다.

새벽 2시 즈음. 파도소리 말고 다른 건 아무 소리도 안 들리는 방에서 밤새 그 소릴 들었다. 의자에 앉아서 지난 다이어리의 빈칸들을 복원했다. 기억이 안 나는 날은 문자 메시지들을 더듬어 보면서 적었다. 기록이 없으니 근본이 없는 것 같았다. 수첩에 뭘 적을 시간도 없이 보내고 또 보낸 날들. 행복한 줄 알았지만 실은 허무했던 날들에 대해 계속 썼다. 그대로 화석처럼 잠들어도 좋을 것 같았다.

아침엔 알람이 아니라 파도 소리에 깼다. 커튼을 쳐놓지 않아서 침대에 모로 누워 눈을 뜨자마자 뜨는 해가 보였다. 먼 곳에서 파도가 빨간 색으로 물드는 걸 실눈으로 보고 있는데 내 안에서 뭔가 쑥 내려갔다. 그동안 나를 답답하게 했던 것들이 한꺼번에 가시는 것 같았다. 이런 순간은 갑자기 온다. 갑자기 와서 오래 머문다. 다시 눈 감고 잠을 청하면서 나는 웃고 있었을까.

이튿날, 가족과 나눠 먹을 닭강정을 사러 속초에 갔다. 그다음 날엔 서점에 가서 잡지 네 권과 책 두 권을 샀다. 튼튼한 갈색 로퍼를 주문했고, 오랫동안 듣고 싶었던 앨범을 샀다. 느닷없이 쑥 내려가서 비어 있던 자리를 혼자서 아름다운 것들로 채웠다. 그해 겨울의 이별은 이런 식으로 완결되었다. 그 즈음의 슬픔과 외로움은 이제 기억도 없다.

다만 눈의 흰색과 밤바다의 검정색 사이에 색깔이 무한대라는 사실만이, 몇 년이 지났어도 일출처럼 선명했다.

지금은 다 날아간 웃음,
싸늘하게 식어버린 하루,
다시는 잡을 수 없게 된 그 손이 참 예뻤던 밤은
이제 기억도 안 난다.
흔하고 흔한 이별.

눈물도 너무 가벼웠다.

너무 이상적인 사람의 이별법

═

헤어져도 친구로 지낼 수 있는 거 아니냐는,
그 고전적인 질문에 대하여.

═

헤어졌다고 모르는 사람인 척 지내고 싶지는 않았다. 같은 공간에서 지내는 사람과 만나다 헤어졌을 땐 어쩔 수 없었다. 어쨌든 얼굴은 계속 봐야 했다. 피하는 건 적성이 아니었다. 비겁하게 느껴지기도 했다. 데이트만 안 하면 되는 거 아니야? 만날 때마다 가볍게 하는 인사 정도면 괜찮지 않아? 어쨌든 최대한 자연스럽게 지내고 싶었다. 만났던 것도 헤어진 것도 죄는 아니었으니까.

연인은 연인끼리 지켜야 하는 행동의 규칙이 있었다. 친구에게는 친구끼리 지켜야 하는 친밀함의 영역이 또 있었다. 연인이었던 사람과 다시 친구의 영토로 넘어가는 데 필요한 건 강력한 이성의 힘이었다. 머리로 정의하고 행동에 옮기는 관계에는 어색함이 없지 않았지만, 그땐 그게 평화라고 믿었다. "너희 그렇게 지내도 괜찮으냐"고, 친구들은 가끔씩 물어왔다. 그럴 때마다 "괜찮다"고 말했다. 이별을 유예하는 게 아니었다. 완벽하게 헤어졌으니까 친구로도 지낼 수 있다는 의지였다.

그해 겨울의 당일치기 여행은 우리 관계가 헤어진 이후에도 나쁘지 않다는 증거 같았다. 아침에 떠나 저녁에 돌아오는 여행길에는 그 사람과 그 사람의 새 연인, 나와 내 이성 친구가 함께였다. 우리는 아침에 다 같이 기차를 탔다. 어딘가 내려서 점심을 먹고 사진을 찍으면서 그저 좀 걷다 올 생각이었다. 너무 추워서 모두의 볼이 빨갰다. 웃을 때마다 입김이 한 움큼이었다. 그날이 진짜 겨울 같았다.

언뜻 복잡해 보이는 관계였지만 실제로는 그렇지 않았다. 나와 헤어졌던 그 사람과 내 이성 친구는 모두 서로 친했던 사이였다. 그 사람의 새 연인이 된 남자만 처음 만난 사이였다. 한때 연인이었던 사람과 그 사람의 새 연인이 동행하는 여행이었던 셈인데, 다행히 그 사람도 좋은 사람 같았다. 하나같이 수줍고 순했던 성격. 우린 곧 친해졌다.

관계는 차분하게 정리돼 있었다. 그러니 이상할 것 없는 여행이라고 생각했다. 내가 사랑했던 친구가 새로 만난 남자가 얼마나 좋은 사람인지도 궁금했다. 그 사람을 보는 내 마음이 평화로울 수 있다면 앞으로의 모든 관계도 괜찮을 거라고 생각했다. 누가 누굴 속이거나 상처 줄 수 있는 조합은 아니었다는 뜻이다.

과연 성공적인 여행이었다. 우린 넷이서도 잘 어울려서 많이 웃었다. 그들이 손을 잡고 걷는 걸 볼 때의 내 마음도 나쁘지 않았다. 이별은 깨끗하게 완수되어 있었다. 돌아오는 기차 안에서는 우리 모두의 관계가 아주 새로운 방향으로 나아갈 수 있을 거라는 확신도 조금씩 생겼다. 깊은 굴곡을 이겨낸 관계에서만 느낄 수 있는 유대감, 시간이 지날수록 깊어지는 또 다른 관계에 대한 기대도 커졌다.

사랑이나 우정은 결국 그런 거라고 생각했다. 같이 있을 땐 같이 있는 사람의 좋은 점을 발견하려 애쓰고, 나눌 수 있는 공통점을 찾기 위해 적극적인 호의로 서로를 탐구하는 태도. 그러다 아주 작은 실마리라도 찾았다면 그대로 믿으면서 아주 잠깐이라도 곁을 내주는 시간. 한 번의 기억이 좋았다면 다음을 기약할 수 있고, 그다음도 나쁘지 않았다면 더 오랜 시간을 꿈꿀 수 있는 사이.

하지만 의지와 기억을 이기는 건 결국 시간이었다. 그때 동행했던 남자애는 그날 이후로 본 적이 없었다. 둘 사이도 그렇게 오래가지 않았다는 얘기는 그 여행 이후 몇 개월인가 지났을 때 전해 들었다. 그때 넷이었던 우리는 지금 에누리 없는 각자가 되었다. 헤어진 사람과는 당분간 친구로 지낼 수 있었다. 하지만 시간이 흐르자 그 모든 친구들과 멀어졌다. 두 명의 이성 친구는 이제 각자의 가정을 꾸렸다.

가끔 생각한다. 그날의 하루짜리 여행은 무엇을 위한 시간이었을까? 한때 즐거웠던 겨울의 추억 하나를 더 갖기 위해서? 서로의 빨개진 볼을 기억하려고? 부질없는 줄 모르면서 모든 시간에 진심을 다하는 게 젊음의 특권이라서? 그래서 돌이킬수록 허무해지기만 하는 게 젊음의 속성은 아니고?

어떤 관계도 의지로 달라지진 않았다. 세상엔 머리로 이해할 수 있는 관계도 없었다. 의도 같은 건 시간이 흐르면서 원래 없었던 것처럼 흐려졌다. 번듯했는데 흐릿해진 게 아니었다. 애초에 별 의미가 없는 시도였던 것이다. 그땐 그걸 모르는 이상주의자였고, 그래서 모든 불가능한 관계에도 어색하게 최선을 다한 것이었다.

지금 알고 있는 그대로 그때 그 겨울로 돌아간대도 같은 식으로 여행했을까? 우리는 서로의 빨간 볼을 보면서, 깨질 것 같은 겨울 하늘을 보면서 그렇게 한껏 웃었을까? 한때 소중하다고 생각했던 모든 관계는 이제 볼 수 없는 사이가 되었고, 그날의 모든 아름다움은 하루짜리 추억으로 끝났다.

부질없는 줄 아는 시간을 굳이 반복할 일은 없을 것이다. 이젠 기꺼이 혼자 있는 하루를 택할 것이다. 헤어진 관계에는 어떤 기대도 갖지 않고, 세상에 의지로 바꿀 수 있는 관계는 없다는 걸 너무 잘 아는 외톨이로서의 하루를 보낼 것이다.

나를 스쳐 간 모든 사람들에게 감사하는 마음으로, 여기저기 상처투성이지만 여전한 이상주의자로서, 다시 누군가를 사랑할 수 있다고 믿을 것이다.

우리가 만나기 전의 우리는

—

인연은 끝났지만 사랑은 끝나지 않았다.
지금 우리가 만나는 데에는 꼭 필요한 게 있었다.

—

공항에서 돌아오는 길은 피로와 기대가 반반이었다. 출장은 짧았지만 떨어져 있는 시간은 길게 느껴졌다. 출장이 점점 잦아지면서, 돌아오는 길에 동네에서 만나 저녁을 같이 먹는 건 즐거운 규칙이 되었다. 나는 그 한 끼를 고리로 삼아 일상으로 돌아올 수 있었다. 마침내 마주 앉아 첫 술을 뜨는 순간 느끼곤 했다.

'이렇게 다시 일상이 시작됐구나. 나는 다행히 곁으로 돌아왔구나.'

아무것도 특별하지 않았지만, 그래서 더 소중해지는 시간이 이렇게 쌓여가는 거라고 혼자서만 생각하고 있었다. 하지만 그날은 달랐다.

"오늘 저녁은 집에 가서 먹을래? 오늘 너 오는 줄 모르고 친구랑 약속을 잡아서. 괜찮지?"

"그랬어? 그럼, 괜찮지. 신경쓰지 마. 나는 여기서 아무거나 먹고 들어가면 돼."

우리는 횡단보도에 어정쩡하게 서 있었다. 그 앞에 있는 카페에서 커피를 한 잔 마신 참이었는데, 나는 커피로 피로를 달래고 같이 저녁을 먹을 거라고 생각하던 중이었다. 늘 그랬으니까, 오랜만에 한국에 돌아왔을 때 먹고 싶은 음식에 대해서도 생각하고 있었다.

하지만 웃으면서 괜찮다고 말했다. 어쩌면 필요 이상으로 명랑했다. 섭섭함이 없지 않았는데, 섭섭하다고 말하면 대화가 길어질 것 같아서였다. 대화가 길어지면 싸울 것 같았다. 그 싸움은 좋게 끝날 것 같지 않았다. 그러니 겁을 먹었다. 피할 수 있다면 피하고 싶었다.

싸울 수 있을 때 잘 싸우는 일은 좋은 관계의 필요

충분조건이라는 걸 지금은 알지만, 그땐 내 마음이 무슨 말을 하고 있는지조차 몰랐다. 마음이 일렁이는 건 알겠는데 그게 섭섭함인지 아쉬움인지, 화가 난 건지 당황스러운 건지 가늠할 길이 없었다. 이런 건 누구도 가르쳐주지 않았다. 그날은 섭섭함을 감추고 혼자 식당에 갔다. 따뜻한 국물을 먹고 싶었다.

우리는 그 후로도 꽤 오랫동안 잘 지내다 결국 헤어졌다. 쉽지 않았지만 만나면 안 되는 사이가 됐다. 이별 즈음의 대화는 무슨 방송사고 같았다. 질문과 대답 사이에는 침묵이 길었다. 먼저 말하는 사람이 패배하는 고약한 게임 같았다. 한쪽이 사과했을 땐 그 마음을 받아들일 수 있는 여지가 별로 없었다. "미안할 일을 왜 했느냐"는 질문이 나왔을 땐 이제 돌이킬 수 없는 곳까지 왔다는 걸 알았다. 이러나저러나 이별로 귀결하는 게 관계라는 걸 깨달았을 때, 그 모든 감정의 소모와 쾌락이 한꺼번에 허무해졌다.

무슨 사건이 있었던 게 아니었다. 둘 사이에 작은 틈이 생겼는데, 그걸 가만히 보고 있다가 어느 날 쩍 갈라진 느낌이었다. 언젠가 갈라질 걸 알았으니까 놀라지는 않았다. 하지만 어딘가 쪼개질 땐 으레 아프게 마련이니까 눈물이 나는 것 같았다. 당신과 헤어지는 게 아쉬워서 우는 건지, 이별 자체가 아파서 우는 건지 몰랐다. 최초의 틈이 언제였는지 혼자 누워서 생각할 때마다 그때 그 횡단보도에서의 대화가 생각났다.

그때 조금 더 솔직했다면 어땠을까? 어딘가 갈라지는 걸 막을 수는 없었겠지만, 마음이 갈라졌으니 섭섭하다고 말했어야 하지 않았을까? 그때 그렇게 싸웠다면, 둘 사이에 도사리고 있었던 어떤 문제에 대해 조금은 알 수 있었을까? 하지만 헤어질 사이는 어차피 헤어진다는 운명론적 허무, 개인의 역사에도 가정문은 의미가 없다는 사실만 점점 더 명확해졌다. 더불어, 그때 헤어지지 않았다면 지금의 행복도 없었을 거라는 데까지 생각이 미치면 마음이 조금 더 복잡해졌다. 인연은 끝나지만 사랑은 끝나지 않았고, 그때 그렇게 엉망이었으니까 지금은 조금 더 나은 사람이 되었다는 작은 희망 같은 것.

우리는 우리가 만나기 전, 다른 사랑과의 이별을 통해 지금의 우리가 되었다는 사실을 받아들일 수 있는 만큼의 어른은 되었다. 그러니 서로의 과거로부터 아주 작은 교훈이라도 얻을 수 있다면, 우리가 결국 죽음을 향해 하루하루 늙어가는 것처럼, 우리의 관계 또한 매 시간 이별을 향해가고 있다는 것 또한 받아들일 수 있는 사람이 되고 싶었다.

내가 지금 사랑하는 당신은 지금까지의 모든 과거가 쌓인 총합이라는 사실.

크고 작은 질투와 호기심을 넘어, 서로를 모를 때의 그 모든 시간을 딛고 우리는 마침내 만난 것이었다.

나는 점점 더 혼자 있게 될 거야

—

마음을 다해 사랑하는 사람을 만났을 때
나는 늘 혼자였다.

—

요즘은 아무 의미도 없는 웃음만을 좋아한다. 그럴 때 웃음소리는 '하하하'여선 안 된다. '허허허'도 이상하다. 오직 '깔깔깔'이어야 한다. '하하하'와 '허허허'에는 종종 의도가 있어 보인다. 전자는 호방하게 보이고자 할 때, 주로 공식적인 자리에서 크게 웃을 때 나는 소리다. '허허허'는 뭘 좀 내려놓고 웃을 때 나는 소리다. 약간의 회한도 있다. '네가 그렇게 웃기고자 애를 쓰니 웃긴 웃는다', '그럴 리 없지만 내가 웃긴 웃는다'는 뜻으로 내는 소리랄까.

하지만 '깔깔깔'은 아무 생각도 없이 다 내려놓고 웃을 때만 낼 수 있는 소리다. 누구의 눈치도 보지 않고, 명랑만화에 가깝게 웃을 때만이 그런 소리가 난다. 그렇게 웃다가 숨이 모자를 땐 갑자기 코로 숨을 들이마시게 되는데, 그때 '컹' 하는 돼지 소리도 사랑한다. 다 같이 웃던 친구들 웃음이 그때 다시 한 번 터진다.

요즘은 그렇게 많이 웃으면서도 멍하니 있는 시간이 부쩍 늘었다. 여럿이 있을 때, 깔깔깔 웃으면서 술 마실 때, 모르는 사람과 아는 사람이 어떤 비율로 섞여 있을 때 주로 그런다. 아무 소리도 듣지 않고 아무 말도 하지 않는다. 아무도 모르게, 없는 사람처럼.

내가 앉아 있는 테이블에 책임감을 느끼던 때도 있었다. 어색한 침묵은 못 견디니까 차라리 토크쇼처럼 웃기는 편을 택했다. 결과가 나빴던 적은 별로 없었다. 코미디언처럼 웃기려고 한 것도 아니었다. 그저 자연스럽고 담백하게, 소외되는 사람 없이, 누구라도 말할 수 있는 분위기를 만들고 싶었다. 그럴 마음만 있다면 누구라도 할 수 있는 일일 것이다. 모두가 행복하길 바라는 마음으로, 나를 드러내고 싶은 마음은 저 뒤로 미뤄두고, 누구도 깎아내리지 않으면서 대화를 나눈다는 건 그저 마음먹기에 달린 일이라서.

누가 '비결이 뭐냐'고 물어본 적이 있었는데, 나는 그저 호기심이라고 말해줬다. 나는 주로 질문하는 사람일 뿐이었다. 누구나 할 말은 있으니까, 관심이 있으면 궁금한 것도 생기게 마련이었다. 처음 보는 사람이나 오래 봤던 사람에게도 묻고 싶은 건 늘 있었다. 알면서도 묻고 모르면서도 물었다. 질문을 받은 사람은 생각보다 많은 이야기를 들려주었다.

질문은 모르는 사람만 하는 거라고 생각하는 시건방진 부류만이 내가 진짜로 뭘 모르는 사람이라고 생각했다. 질문을 받으면 우쭐해지는 사람도 있었다. 그럴 땐 거기를 그 사람의 바닥으로 여겼다. 친구의 바닥을 이해할 수는 있었지만 바닥을 아는 사람과 친구가 될 수는 없었다. 오다가다 마주치는 매번, 그런 사람들과 가까워지지 않아서 정말 다행이라고 생각했다.

그랬는데, 요즘은 여럿이 웃고 떠드는 와중에도 기

꺼이 멍하니 있는 편을 선택한다. 무례를 범하려는 건 아니다. 여전히 궁금한 건 아주 많이 있다. 하지만 묘하게, 다 같이 웃으면서, 가끔은 돼지 같은 숨소리를 내면서도 정신만은 멍하니 있다. 이것은 또 다른 기술. 아주 비밀스럽게 무아지경에 가까운 상태.

상대의 말에 촘촘하게 고개를 끄덕이면서도 그렇게 할 수 있다. 다 듣는다. 이해도 한다. 다만 귀에서 뇌로 올라가는 길에 슬쩍 그물을 치는 셈이다. 듬성듬성 듣고 대부분 기억하지 않는다. 그 사이로 내 생각을 건져 올린다. 어제까지 쓰다 만 소설의 실마리를 찾기도 하고, 아무한테도 말할 수 없는 생각을 몰래 하기도 한다.

이건 본능이 아니라 생존에 가까운 얘기다. 그러다 갑자기 궁금해지기도 했다. 그렇게 많은 사람들에게 묻고, 대답하고, 웃다 헤어지면서 내가 바랐던 건 뭐였을까? 내 마음을 주려던 시도였을까? 그들의 마음을 얻으려는 구애였을까? 전자였다면 너무 많은 마음을 흘렸다. 후자였다면 더 많은 마음을 놓쳤다.

마음은 던지는 대로 꽂히는 법이 없었다. 그런 말에

는 무게도 없었다. 그 즐겁고 소란했던 밤들도 결국 웃음처럼 희미해졌다. 다시 보고 싶은 사람이 없지 않았지만, 낮과 밤의 긴장관계는 서로 다른 경향을 띄고 있었다. 우리가 마주 앉은 테이블 위, 밤에 있었던 것들이 더 이상 없는 시간에는 관계도 호감도 사라진 것 같았다. 그 어색함과 허무를 알게 됐으니 집착할 필요도 없었다.

하지만 이것마저 피곤해지면 어쩌지? "거기 누구누구 있어?"라고 묻는 빈도는 이미 늘었다. 좋은 친구가 있는 자리라도 다른 누가 거슬리면 차라리 혼자 있는 편을 택했다. 일단 사과하면서 다음을 기약했다. 하루 종일 혼자 가꿔온 시간을 흩뜨리고 싶지도 않았다. 갑자기 만난 누군가에게서 안식을 얻을 수 있을 거라는 기대에는 단단히 녹이 슬었다.

그러니, 나는 점점 더 혼자 있게 될 것이다. 괜히 나를 찾는 목소리는 점점 더 작아질 것이다. 주변은 점점 더 조용해질 것이다. 나는 그럴 때 할 수 있는 정말 좋은 일이 뭔지 안다.

혼자인 모든 순간을 즐길 것. 말도 마음도 구걸하지

않고, 다만 침묵 속에서 의연할 것. 혼자여야 새로운 사랑에 빠질 수 있었다.

다시 사랑할 수 있는 사람과 서로를 알아봤을 때, 나는 늘 혼자였다.

—

사라졌다고 생각하세요.

같이 있었던 시간은 이제 일어나지 않은 일,

증발한 시간, 지나간 바람이에요.

나는 이제 없는 사람이에요.

처음 만난 사람처럼 인사하는 일도 없을 거예요.

내일은 혼자 나무를 보러 갈 거예요.

—

새로운 시간, 1인용 소파

==

그 부산함이 젊음이라면 반복하고 싶지 않았다.
혼자인 마음은 나풀거리지 않았다.

==

하루하루가 흔들리고 있었다. 관계가 깊어질수록 심해지는 것 같았다. 평소라면 하지 않을 행동을 하는 빈도, 피곤하지만 기꺼이 감내하는 밤도 늘었다. 업무와 연애, 일과 놀이로 피로가 가실 날이 없었다.

"일도 일인데, 그 연애 때문에 너무 고단해지는 거 아니니?"

나를 걱정하는 사람들은 조심스럽게 이런 얘기를 전해왔다. 그 관계가 나를 천천히 좀먹고 있다는 뜻이었다. 그만하라는 사람도 있었지만 어쨌든 끝날 때까지는 최선을 다하고 싶었다. 그래야 후회가 없을 것 같았다.

새벽은 볼 때마다 낯설었다. 마감을 마치고 집에 들어가는 4시 즈음의 거리는 누가 증발한 것처럼 조용했다. 1시간 남짓 더 지난 거리에선 방탕한 새벽과 부지런한 아침이 마구 섞이기 시작했다. 지금 막 출근하는 사람의 고단함과 취한 사람의 피로가 도로 위에서 아무렇게나 엉켜 있었다. 그 모든 표정을 뒤로 하고 집에 돌아가 혼자 누웠을 땐 매번 좀 이상한 기분이었다.

좋은 점과 싫은 점이 분명한 시기였다. 그때는 밤이 깊을수록, 새벽이 가까워질수록 살아 있는 것 같았다. 좀 다른 표정을 하고 있는 거리를 보는 재미도 쏠쏠했다. 한밤의 대기에선 낮과 다른 냄새가 났다. 조금 비밀스러운 해방감, 아주 약간만 허락된 것 같은 방종, 딱 붉어진 얼굴만큼의 취기, 이 밤도 곧 끝날 거라는 좀 야한 조바심 같은 것들. 사람들의 몸은 시간이 갈수록 조금씩 가벼워지는 것 같았다. 어떤 사람은 곧 떠오를 것 같이 들뜬 표정으로 누군가에게 전화를 걸고 있었다.

그들 사이에서 스스로를 낯설게 여기기도 했다. 가

끔은 새로운 사람이 되는 것 같았다. 더러는 연기를 하는 기분이었다. 평소와는 완전히 달랐던 패턴. 그런 역할 놀이에도 쾌감이 없지 않았다. 어차피 모든 순간에 진심일 수는 없는 거잖아? 다양한 풍경에 조금씩 익숙해지면서 가끔은 이런 식으로 어른이 되는 것 같았다. 호감을 얻으려는 마음이 마침내 호감을 얻었을 때의 어린 만족감이 실없는 농담처럼 나풀거렸다.

하지만 그 모두와 서서히 멀어지기 시작했다. 그런 생활 자체에 지쳐서 시들해졌는지 서로에게 질렸는지는 모르는 채 사이가 벌어지기 시작했다. 마침내 관계가 정리됐을 땐 주변까지 소각한 듯 사라졌다. 어떤 술집, 거기서 듣던 음악, 거기서만 먹을 수 있던 메뉴들은 이제 사진조차 남아 있지 않다. 테이블 주변에 같이 있던 사람들은 이제 거리에서 만나도 머쓱한 사이가 됐다. 그렇게 웃고 떠들었는데, 그들의 목소리는 이제 다시 듣기에도 모호해졌다. 그 무렵의 친구한텐 관계의 괴로움을 몇 번이나 토로했었다.

"이대로 몇 개월이나 버틸 수 있을까?"

"이런 일이 한 번만 더 생기면 헤어져야지."

이별까지는 적지 않은 시간이 걸렸다. 가꾸지 않는 관계는 천천히 변색되다 마침내 낙엽처럼 떨어졌다. 좋았던 시간들은 거짓말처럼 다 잊었다. 싹 사라져서 떠올릴 수도 없었다. 가까스로 생각났던 몇몇 장면도 돌아보면 을씨년스러웠다. 추억이 사라진 자리엔 크고 작은 상처만 남았다.

우리는 진짜 서로와 만났던 걸까? 혹시 각자의 밤, 매일의 일탈과 연애했던 건 아니었을까? 술과 웃음, 그 가벼운 즐거움에 각각 취했던 건 아니었을까? 좋았던 시간, 별로였던 밤, 진심이었던 눈빛과 웃음을 위한 웃음들까지… 모든 게 조각조각이었다. 나는 헤어져야 하는 사람들과 헤어진 것이었다. 우리도 그래서 헤어진 것이었다. 인연이 거기까지였다고 생각하면 마음이 조금씩 가벼워졌지만, 스쳐 가는 인연이라고 괴롭지 않은 것은 아니었다.

"그때로 돌아가고 싶으냐" 누가 물어보면 한 번도 "그렇다" 대답한 적 없었다. 원하는 시기를 골라 돌려보내줄 수 있다는 유혹에도 넘어가지 않았다. 젊음은 약하고 불안하며 위험했다. 지금 아는 걸 모르는 시간으로 굳이 돌아가고 싶지 않았다. 그런 경험은 한 번이면 족했다. 더러운 것들이 천천히 가라앉으면서 시야가 맑아졌다. 다시 깨끗해지는 데는 적지 않은 시간이 걸렸다.

크고 작은 이별이 선물한 건 마침내 혼자일 수 있는 시간이었다. 그 많던 사람들 대신 친해진 건 1인용 소파였다. 거기 앉아서 계절을 지내는 내내 책을 읽었다. 졸음이 쏟아지면 일단 자고, 아침엔 되도록 일찍 깨려고 했다. 일은 에누리 없이 했다. 저녁 술자리는 귀하게 잡았다. 혼자인 마음은 나풀거리지 않았다.

나는 지루한 일상을 설계하는 일에 모든 마음을 썼다. 평온함을 유지해내는 힘 안에 일탈보다 더 큰 쾌락이 숨어 있는 것 같아서였다. 지난여름엔 퇴근하고 집에 돌아와도 해가 1시간 이상 남아 있었다.

외로움도 미련도 없이, 나는 진짜 새로운 단계로 접어들고 있었다.

여름의 초록, 다 끝난 시간

—

아무도 아무 말도 하지 않는 열람실,
커다란 나무창 밖으로 여름이 한창이었다.

—

오래된 창틀이었다. 윗부분의 큰 창은 열 수 없었다. 옆으로 넓고 위아래가 짧은, 아랫부분의 작은 창만 열 수 있게 되어 있었다. 큰 창은 거대한 정사각형이었다. 요즘 건물에서는 흔히 볼 수 없는 담대하고 정직한 크기였다. 밖으로는 남산이 가득이었는데, 그 담백한 정사각형 나무 창틀이 그 자체로 고풍스러운 프레임이 되었다. 그 안에 누가 공들여 가꾼 것 같은 나무들이 울창했다. 초록이 맹렬했다. 그 빛이 너무 강해서, 인화한 옛날 사진처럼 눈부신 풍경이었다. 왼쪽 창 저 끝으로는 케

이블카가 미풍처럼 흘러 내려갔다. 남산이 창문을 열고 뛰쳐 들어올 것 같은 주말이었다.

도서관에서 보내는 주말은 정말이지 고요한, 지나치게 고요한 일이었다. 그 적막을 즐기려고, 모처럼 하루가 통째로 비었을 땐 도서관으로 가는 버스를 탔다. 1층 식당에서 식사를 하고 매점에서 음료를 샀다. 관심이 가는 열람실을 골라 자리를 잡고 앉아 서가에 있는 아무 책이나 뽑아 읽었다. 정기간행물 열람실에선 아무 잡지나 볼 수 있었다. 다른 열람실에는 굳이 사고 싶지는 않은, 하지만 알고 싶은 분야의 책들이 너무 많이 있었다. 음악은 듣지 않았다. 말은 할 필요가 없었다. 전화는 걸어오는 사람도 걸고 싶은 사람도 없었다.

도서관에선 한 번도 계획을 세운 적이 없었다. '배를 채우고 시작한 시간이니까 배가 고파지면 그만 해야지' 정도로만 먹은 마음이었다. 어차피 5시면 끝나는 열람실이었다. 그 전까지는 누가 뭐래도 여유 있는 시간을 보낼 수 있었다. 저녁까지 좀 더 있고 싶으면 다른 방으로, 1층 로비로, 바깥에 있는 숲속으로 자리를 옮겼다.

숲속엔 나와 비슷한 시간을 보내는 사람들이 많이 있었다. 열에 여덟 정도는 혼자였다. 배를 내놓고 부채질을 하던 긴 머리 아저씨는 나와 눈이 마주치자 티셔츠를 내리고 딴 청을 했다. 등받이가 있는 벤치에 기대앉아서 아무 일도 하지 않는 사람, 나무 밑 블록에 앉아서 아무 일도 하지 않는 사람, 원탁에 앉아서 아무 일도 하지 않는 사람들이 적당한 간격을 두고 아무렇지도 않게 오래된 나무처럼 배치돼 있었다. 숲과 산, 그늘과 바람이 여름마다 부리는 마법이랄까? 시간을 시간 그대로 보내는 사람들, 여름을 여름 그대로 제각각 만끽하는 것 같은 무드가 그 도서관 주변을 가득 채우고 있었다.

외로움은 조금 다른 차원의 단어였다. 누구랑 같이 있다고 외롭지 않은 것은 아닌 것처럼, 혼자 있다고 반드시 외로운 것도 아니니까. 하지만 어떤 책을 보다가 갑자기 누가 보고 싶어질 때도 있었다. 지난주에 만나기로 했는데 잊었던 후배, 근처에 사는 친구 얼굴이 생각나기도 했다. 메시지를 보내고 약속을 잡아볼까? 저녁은 그 중 누군가와 같이 먹을까? 남아 있는 시간을 설계하려다 곧 접었다. 저녁을 먹고 나면 술도 한잔하고 싶겠지? 곧 밤이 깊어질 거야. 더 이상 혼자일 수 없게 될 거야. 그렇게 끝내고 싶지 않은 하루였다.

매일 밤, 누구하고라도 어울리는 게 그렇게 즐거웠던 시기가 있었다. 저녁마다 울리는 전화, 이렇게 저렇게 얽히고설킨 모임, 보고 싶은 사람과 안 봐도 괜찮은 사람들이 술자리마다 이상한 비율로 섞여 있었던 그 많은 밤들. 그게 다 갑자기 끝난 것 역시 마법 같았다. 문을 닫으면 보이지 않는 방처럼 그렇게 됐다. 그렇게 즐거웠는데 이렇게 끝났다. 좋았던 연애처럼, 사랑이라고 믿었던 관계처럼.

"금일 이용시간 오후 5시까지입니다. 대출 반납 못 하신 분들 정리해주세요."

열람실에 앉은 모두에게 들리지만 시끄럽지는 않은 목소리의 매캐한 질감. 오후 4시 53분이었다. 입구에 있던 사서가 안내하던 그 볼륨은 과연 적당한 것이었다. 지퍼를 열고 닫는 소리와 책을 챙기는 소리, 의자가 앞뒤로 움직이는 소리를 그대로 들으면서, 이래도 괜찮고 저래도 괜찮다는 걸 알아가는 것이야말로 시간의 선물이라고 새삼 생각했다.

꼭 만나야 한다고 믿었던 사람은 사실 안 만나도 그만이었고, 반드시 이어가야 한다고 생각했던 그 관계는 애초에 끝나 있었다. 전화는 아무에게도 걸지 않았다. 단 하나의 '좋아요'도 누르지 않았다. 요즘은 그것만이 특권 같았다.

가방을 챙기면서 오늘 저녁에 대해 생각하기 시작했다. 지금 읽고 있던 책을 계속 읽을 수도, 그대로 반납하고 숲속으로 들어갈 수도 있었다. 낮에 거기 앉아 있었던 사람들처럼, 오래전부터 거기 있었던 나무처럼, 나도 원하는 만큼 그 풍경의 일부가 될 수 있었다. 하늘이 점점 붉어지는 걸 바라보면서 아, 저쪽이 서쪽이구나 하고 의뭉스럽게 사방을 가늠할 수도 있을 것이었다.

여름의 복판, 해가 지려면 아직 한참이나 남아 있었다. 점심 식사의 충만함이 채 가시지도 않은 시간. 나는 아무 데나 갈 수 있었다. 아무 데도 가지 않을 수도 있었다. 혼자서, 남아 있는 모든 하루를 보낼 수 있었다.

아무 말도 하지 않은 채 그 어떤 미련도 없었는데,
저 커다란 창문과 헤어져야 하는 일만이 못내 아쉬웠다.

3부

다시, 우리의 연애

당신이 보고 싶어서,
그렇다고 말했다

나쁜 일을 경험하고,

나쁜 시기를 관통하고,

나쁜 이별을 하고 나서야 깨닫는 일이 있다.

도저히 이유를 알 수 없을 땐 마음에 힘을 빼고 계절 탓을 했다.

참 오래 돌아왔다고 좋은 사람 곁에서 생각했다.

애꿎게, 다시 봄이었다.

결혼해, 너무 힘들어, 힘내

—

오늘의 축하와 위로를 기점으로,
우리는 점점 멀어질 예정이었다.

—

우리가 처음 만난 게 언제였지? 헤아릴 때마다 아련했다. 다른 사람한테 소개할 땐 담백하게 대학 동기라 했다. 대학이라는 말에 남아 있는 어쩔 수 없는 풋풋함과 낯선 마음들. 그날 우리가 다시 만났을 땐 둘 다 직장인이었다. 졸업 후 몇 년이 지났는지도, 대학 입학 후 몇 년이 지났는지도 한참을 헤아려야 알 수 있었다.

그동안은 가까웠다 멀었다 했다. 학교에선 같이 듣는 수업이 몇몇 있었다. 둘이 종로를 걷다가 "시베리안 허스키 휴대폰 줄이 갖고 싶다" 말하는 순간 바로 왼쪽

가판에서 그걸 발견하고는 "우와!" 하거나, 밤 11시에 한강 둔치에 앉아서 "짬뽕이 먹고 싶다" 말하는 그 순간 웬 남자가 중국집 명함을 던지고 가던 우연의 밤도 있었다. 그 즈음 스쳐 갔어야 마땅한 몇 명의 작가들이 그때의 우리도 스쳐 갔다.

친구 서넛이 같이 떠났던 여행. 어떤 콘도에선 삼겹살을 굽고 칵테일을 만들어 마시다 잔뜩 취해서 또 맥주를 사러 나갔다. 다른 친구는 방에서 우릴 기다리거나 잠들어 있었다. 편의점에서 숙소로 돌아가는 길, 우린 강가를 뛰었다. 풀잎 위에 물기가 많아서 바지가 다 젖었는데 자꾸만 물가로 내려가려는 손목을 잡고 끌어올리기도 했다.

"아, 나 뛰고 싶단 말이야!"

"그럼 콘도까지 뛰자."

22살 남자와 23살 여자가 새벽 1시에 취해서 나눌 수 있는 대화 중 지루하고 냉정하기로 지구 최고일 말. 그때 친구는 왜 그렇게 뛰고 싶어 했던 걸까? 우린 얼마나 답답했던 걸까? 물론 몇 번의 고백과 거절도 있었다.

"좋아해"와 "미안해"로부터 "야, 지금이 세 번째 고백인 거 알아? 나 같은 남자가 어디 또 있냐?"를 지나, "너랑 키스하는 걸 상상해봤는데, 동생이랑 하는 것 같은 기분이 들었어"까지.

탁구공처럼 주고받으면서 헤아릴 수 없을 만큼 웃고 또 웃었던 10년 전의 그런 말들은 지금도 가끔 생각난다. 우린 그런 20대를 보냈다. 30대는 무표정하게 왔다. 둘 중 한 명은 결혼을 앞두고 있었다. 9월 어느 날, 결혼을 일주일 앞둔 친구가 명란 파스타를 먹으면서 말했다.

"요즘은 이런 생각을 하고 있어. 대체 결혼을 해야 하는 이유가 뭘까?"

얼굴이 말라서 보조개가 까칠했다. 결혼은 보통 일이 아니고, 할 일이 너무나 많고, 그 남자의 그런 점이 마음에 들었는데 어쨌든 지금은 너무 힘들다는 말. 결혼 일주일 전에 먹는 점심이라는 건 이를테면 공식 청첩장인 셈이었다. 그런 건 필요 없는 사이라 해도, 계산은 결국 내가 했더라도 친구한텐 중요한 절차였단 걸 안다.

밥을 먹고 나면 동전까지 꺼내가면서 자기 몫을 내

고, 조금이라도 미안한 마음이 드는 행동 같은 건 태생적으로 못 하는 유기농 품성. 요즘은 몇 가지 주사를 챙겨 맞지 않으면 입국조차 할 수 없는 나라에 병원, 수도, 학교 같은 걸 지어주는 일을 하고 있었다. 적성에는 맞는지, 피곤하지는 않은지, 그래서 그 일을 계속 할 수는 있는지에 대한 생각을 할 틈도 없이 바빠 보였다.

"하지만 아이는 갖고 싶지, 내 생물학적 나이가…."

커피를 마시면서 친구가 말했다. 결혼은 여전히 모르겠고 오늘은 너무 피곤하지만 아이는 갖고 싶다는 말이 막막하게 들리지 않았다. 우리가 통과해온 몇 번의 문턱을 어찌어찌 넘어온 것처럼, 나는 아직 모르는 또 다른 문 앞에 친구 혼자 서 있는 것 같았다.

"그, 이영애 씨 첫 출산이 마흔 아니었어? 모니카 벨루치도 그랬을걸? 요즘은 다 괜찮고 그렇대. 천천히 생각해. 일단 결혼식부터 잘 마치고 나서."

결혼은 점점 더 두려워지기만 했다. 임신과 출산, 육아 같은 단어들은 그 자체로 무서웠다. 친구가 결혼으로 얻을 수 있는 건 뭐였을까? 가족? 아이? 모두의 통과

의례를 같이 하고 있다는 안심? 결혼을 둘러싼 모든 말은 무시무시하지만 벗어날 수도 없는 클리셰가 되어 있었다. 축하와 우려, 두려움과 다짐은 정교한 퍼즐 같았다. 도무지 맞출 수는 없는 그림이었다. 이젠 커피도 다 식어 있었다. 마지막 한 모금을 마시면서 친구의 용기와 불안에 대해 생각했다.

"있잖아, 나중에 남편이고 뭐고 다 끝내버리고 싶을 때 있을 거야. 옆에 날카로운 게 딱 있는데, '아, 이걸로 찌르면 너무 편할 거야' 생각하곤 다른 걸 찾는 순간이 올 거라고. 그때 절대 그러면 안 돼. 알았지?"

"풉. 무슨 소리야?"

"일단 심호흡부터 하고 전화해. 냉커피 사줄게."

"으하하하!"

뭘 좀 알게 된 지금이나 아무것도 몰랐던 그때나, 변하지 않은 건 이 웃음소리 하나뿐이었다. 내내 백자 같았던 얼굴이 순간 상기됐고 식사는 끝나 있었다.

"일어나자. 오빠랑 가구 사러 가기로 했거든."

"무슨 가구, 소파?"

"아니, 집에 들어갈 거 전부 다."

"그걸 오늘 다?"

"그럼, 그게 결혼이야."

결혼은 일주일 전에 그 당위에 대해 생각하는 일, 같이 살 집에 들일 가구를 한날 오후에 다 사는 일, 이 불안은 평생 가실 리 없다는 걸 뻔히 알면서도 광대뼈 주변에 경련이 일도록 웃는 오후일까?

"진짜 축하해, 힘내."

앞으로의 우리도 여전히 힘들겠지만, 그만큼의 아름다움 또한 숱하게 목격할 친구에게 말했다. 우리가 어떻게 살더라도 시간은 어김없이 흐르겠지. 앞으로의 우리는 점점 더 서로 모르는 삶을 갖게 될 예정이었다.

이렇게 서서히 멀어지는 일. 그것만이 약속 같았다.

보고 싶어…

그 말을 담백하게 들을 수 있었던 아침,
나는 조금 어른이 된 것 같았다.

"보고 싶다는 문자 받으면 기분이 어때?"

같이 산책 중이었던 후배에게 물었다.

"그냥 보고 싶은가 보다 해요."

뭘 그런 걸 다 묻느냐는 표정이었다. 거의 심드렁했다. 사실 좀 심각한 고민이었는데, 후배가 너무 담담하게 얘기하니까 요동치던 마음도 같이 편평해졌다. 그냥 그렇게 생각할 수도 있는 거였다. 가만히 몇 분인가 더 걸었다. 이번엔 후배가 물었다.

"왜요? 누가 자꾸 보고 싶다고 그래요?"

그 문자가 부담이었던 시기가 있었다. 작지 않은 스트레스였다. 하루를 쪼개고 또 쪼개서 일하던 때, "보고 싶다"는 문자는 "오늘 당장 만나자"는 종용 같았다. 모레 만나기로 했고 어제 같이 있었는데 오늘 또 만나? 진심으로 사랑해도 각자 보내는 시간이 있어야 하지 않아? 그게 건강한 관계 아니야? 그렇게 생각하면서 혼자 쫓겼다. 하지만 그런 마음에 대해 침착하게 대화할 깜냥은 없었던 시기, 나는 친절하고 싶어서 애만 썼던 것 같다. 돌이켜보면 그런 바보가 또 없었다. 나쁜 친절, 관계에 도움이 될 리 없는 태도였다.

"혹시, '보고 싶다'는 문자 보낼 때 말이야. 어떤 마음으로 보내는 거예요?"

결국은 묻게 됐다. 그때 우리는 술을 마시던 중이었나? 커피? 음료는 가물거려도 내용은 정확히 기억한다. 상대는 이렇게 대답했다.

"어떤 마음인 게 뭐예요? 그냥 보고 싶을 때 보고 싶다고 하는 거지, 뭐."

산책하던 후배보다 더 심드렁했다. 당연한 걸 왜 그

렇게 어렵게 묻느냐는 표정이었다. 하지만 역시 잘못된 질문이었을까? 상대가 이어 물었다.

"그런데 왜 물어요, 그건?"

자초지종을 설명했을 때 상대의 얼굴엔 당황과 황당, 약간의 화가 스쳤다. 그 말이 스트레스가 될 줄 상상도 못했다는 말, 그럼 안 보고 싶었는데 만나왔느냐는 오해, 그럼 앞으로 그 말은 하지 않겠다는 투정까지. 어쩌면 여기서부터가 진짜 대화의 시작이었다.

대화가 길어질수록 원인은 분명해졌다. "보고 싶다"는 말에는 죄가 없었다. 내 마음이 문제였다. 결국 그즈음의 내가 얼마나 힘든 시간을 보내고 있었는지, 사람이 바빠지면 일상적인 마음조차 투명하게 받아들일 수 없게 된다는 이야기까지 하게 됐다.

"그랬구나? 앞으로는 스트레스받지 말아요. 아깝지 않아? 좋은 말인데. 보채려고 하는 말이 아니야. 그냥 보고 싶으니까 보고 싶다고 말하는 거예요."

그때, 산 위에서 시원한 바람이 불어오는 것 같았다. 그토록 편해졌던 마음을 아직도 못 잊는다. 관계는 끝났어도 그 말과 마음은 남아 있다. 우리는 "보고 싶다"는 말을 너무 많이 하던 사이였다가, 서로의 시간을 존중하다가, 어쩌면 매일 하는 산책처럼 심드렁했는지도 몰랐다.

어렸으니까, 일상이 섞인다는 말의 무게에 대해선 생각해본 적이 없었다. 그 권태야말로 소중하다는 걸 알 길도 없었다. 관계는 무게를 잃고 흩어졌다. 섞였던 일상이 분리되기 시작했다. 지루함과 소중함이 동시에 사라졌다. 이제 "보고 싶다"는 말은 하고 싶어도 하면 안 되는 사이가 됐다. 노래 가사 같았다. 우린 우리가 젊었던 걸 몰랐다. 이제 사랑은 보이지 않았다.

메시지 보관함에서 "보고 싶어"가 사라졌을 때 그 공백을 채운 건 혼자 있는 시간이었다. 그때 겨우 알았다. 나한테는 시간이 참 많았구나. 우린 참 가까운 사이였구나. 너무 가까워서 그걸 몰랐구나. 하지만 한 번 닫힌 마음을 다시 연 적은 없으니까, 돌이킬 수 있는 건 아무것도 없었다. 지난 모든 이별은 의지였다. 지난 모든 사랑이 의지였던 것처럼.

다행히, 몇 번의 이별을 경험하면서 명료해지는 건

있었다. 관계의 상수는 나뿐이니까, 상대가 변해도 나 자신에 대해선 조금 더 알게 됐다. 어쩌면 연애는 내 마음의 원인이 나 자신이라는 걸 가차 없이 깨닫는 과정이었다. 상대가 보채는 게 아니었다. 내가 쫓기는 거였다. 상대를 탓하기 전에 내 마음을 돌볼 일. 내 마음이 준비가 돼 있어야 상대의 마음도 받을 수 있는 법이었다.

그 후로 몇 년의 시간이 흘렀을까? 혹은 몇 개월? 요즘은 "보고 싶어요"라는 문자를 다만 기쁘게 받는다. "언제 한 번 만나요", "시간 맞춰 봐요", "요즘도 많이 바쁘세요?" 같은 말도 살갑고 설레는 마음으로 듣는다. 그때보다 몇 배는 더 바쁜 날에도 그 정도의 마음은 비워둘 수 있게 됐다. 이렇게 넓어진 틈에 새살이 돋는 걸 지켜보면서, 우리는 조금씩 어른이 되는 걸까?

"시원하게 잘 잤어요? 보고 싶어."

"나도 :-)"

보송보송한 마음으로 답했던 아침, 서울의 여름은 벌써부터 뜨거웠다.

낯선 마음, 순간의 위로

═

아무 말도 못 했다.
부끄러워서, 믿지 않아서,
하필 봄이라서.

═

봄마다 안절부절 못하던 때가 있었다. 새순이 돋고 벚꽃이 피는 걸 보면 내가 괜히 부끄러워졌다. 철 지난 겨울옷 때문인가 싶을 땐 아무 데나 들어가서 흰색 민무늬 티셔츠를 샀다. 서점에선 습관처럼 범우사 문고판을 몇 권 샀다. 주황색 책이 외투 주머니에 쏙 들어오면 여지없이 좋아지던 기분.

집으로 가는 버스 안에선 마음을 다 내려놓았다. 살짝 열린 창 사이로 호흡마다 걸리던 봄냄새…. 나는 참 깊이 잠들었다.

마음이 소란스러워지면 다시 밖으로 나갔다. 동네에 있는 천변을 걷거나 버스를 탔다. 경복궁역 버스 정류장 건너엔 드물게 사람이 없는 스타벅스가 있었는데, 혼자 앉을 수 있는 1인용 소파를 휴양지 삼았다.

몇 시간이고 거기 앉아 커피를 마시고 책을 읽었다. 원하는 만큼 침묵할 수 있는 시간. 이제 당신이 없어도 아무렇지 않은 시간이었다.

곧 점원의 얼굴이 눈에 들어오기 시작했다. 갈 때마다 토플 교재를 펼쳐놓고 공부하던 사람. 눈이 선명하고 웃음이 시원한 사람이었다. 우리가 나누는 말은 정해져 있었다.

"오늘의 커피 작은 거 주세요."

"드시고 가세요?"

"네, 머그에 주세요."

내가 거기서 혼자 시간을 보낸다는 걸 몇몇 친구들도 알고 있었다. 갈 때마다 만나는 예쁜 사람이 있다는 것도. 친구는 말이라도 걸어보라고 부추기곤 했다. 나는 매번 봄처럼 부끄러워했다. 아니, 그보단 회의가 짙었다.

가까스로 만나, 불안과 의심을 지나, 몇 번 웃고 나면 어차피 헤어질 사이. 그런 로맨스는 믿지 않았다.

그러다 겨울이 됐다. 갑자기 함박눈이 쏟아지는 밤이었는데, 집에 계속 있으면 도저히 안 될 것 같은 마음이라서 또 버스를 탔다. 입김이 시야를 가릴 정도로 추운 날이었다. 길에는 눈이 너무 많이 쌓여 있었다. 천천히 걸어도 몇 번이나 미끄러졌다. 가게 문을 열고 들어갔을 땐 안경에 김이 서렸다. 그대로 흐릿한 채 카운터에 갔을 때, 토플 교제를 읽고 있던 그 점원이 말했다.

"오늘의 커피 드실 거죠?"

평소보다 살짝 높은 톤. 말투에는 웃음이 묻어 있었다. 혹시 나를 알아봤을까? 좀 놀랐지만 안경에 김이 서려 있어서 어떤 표정도 짓지 못했다. 소매를 죽 당겨 안경을 닦고서야 그 얼굴을 다시 볼 수 있었다. 여느 때처럼 다정하고 예쁜 표정이었다. 하지만 평소와 조금 다른, 아주 조심스러운 친근함이 있었다. 그 사람이 물었다.

"오늘 많이 춥죠?"

"눈이 진짜 많이 와요. 저를 알아보셨어요?"

"네, 혼자 자주 오셔서."

모든 가까운 것들, 친근한 사람들로부터 완전히 멀어지고 싶은 계절이었다. 그렇게 혹독하게 혼자가 되려고 애를 썼는데, 이 순간의 위로를 어떻게 설명하면 좋을까? 낯선 사람만이 줄 수 있는 마음이었다. 내가 기억하는 사람이 나를 알아봐주었구나. 내가 어떤 커피를 마시는지, 언제 와서 어떻게 머무는지를 언뜻 보고 있었구나.

자주 보는 손님에게 할 수 있는 일상적인 친절이었을 것이다. 안경에 서렸던 김이 우스워서 그랬을 거라고도 지금은 생각한다. 하지만 다만 몇 마디라도 더 나누고 싶었던 밤이었다.

"이 시간에 계시는 거 저도 자주 봤어요. 늘 공부하시는 것 같았는데."

태생적인 부끄러움, 괜한 회의, 혼자서만 위축된 마음 같은 건 잠시 접어둬도 좋았을 것이다. 가끔은 당신을 기대하면서 문을 연 적도 있었으니까. 하지만 아무 말도 못했으니 아무 일도 없었던 이야기. 무척 추웠던 날, 혼자 산책하다가 그냥 그랬던 이야기.

그게 마지막이었다. 다음부터 그 점원은 볼 수 없었다. 몇 번인가 찾다가 다른 점원한테 물었을 땐 "좀 멀리 가셨다"는 얘기만 들었다. 나는 여전히 마음이 들뜰 때마다 같은 가게에서 시간을 보냈다. 갈 때마다 혹시나 하는 마음이었지만….

1년 몇 개월인가 지났을 때, 계절은 다시 봄이었다. 신촌에서 같이 영화 볼 사람을 기다리다가 스타벅스에 들어갔는데 그날 밤의 그 점원이 거짓말처럼 거기 있었다. 가슴이 괜히 두근거리기 시작했다. 그날 밤 하고 싶었던 말들이 매장 안에 비눗방울처럼 떠다니는 것 같았다. 몇 초 정도였을까? 잠깐 눈이 마주쳤을 때, 그 사람의 눈동자가 조금 커지는 것 같았다. 나는 가볍게 목례했다. 한 번 정도는 꼭 다시 보고 싶었던 웃음. 이번에도 그 사람이 먼저 말해주었다.

"그때 적선동에 자주 오셨던 분이죠?"

"와, 어떻게 기억하세요? 이제 여기 계세요?"

"네. 어디 좀 다녀왔어요."

"반가워요. 자주 올게요."

그때 그 사람이 입고 있었던 유니폼과 머리 모양, 얼굴과 표정이 가끔 액자처럼 떠오른다. 낯설고 담백했던 친절. 함박눈이 쏟아지던 그날의 위로에 대해서는 요즘도 가끔 생각한다. 하지만 너무 예뻤던 표정, 그때 공부하고 있던 영어 교재, 혼자서 받았던 위로는 이제 영원한 비밀이 되었다. 유난히 분주했던 그 가게를 다시 찾아가는 일은 없었다. 계절에 취해서, 우연과 마음과 사랑을 한꺼번에 회의하면서 무심한 척 했던 그때.

"글쎄, 삶이라는 자체가 사실은 지루하잖아요?"

언젠가 배우 박정자 씨가 인터뷰에서 이렇게 말한 걸 봤을 땐 목구멍에서 갑자기 뭐가 울컥하는 것 같았다. 끝날 일은 언젠가 끝날 것이다. 볼 수 없게 된 사람은 영원히 볼 수 없고, 그때 헤어진 사람들은 우연히 만나도 알아볼 수 없을 만큼 변했을 것이다.

봄은 언제쯤 의연해질까? 목련나무에 봉오리가 맺힐 때마다 정신이 다 혼곤해진다. 벚꽃은 생전 처음 보는 것처럼 예쁘다. 별다른 비극이 없다는 걸 전제하고, 앞으로 맞설 수십 개의 봄을 생각하면 곧 뒤로 넘어갈 것처럼 아찔해진다. 이후 몇 번째 봄을 살고 있는지 헤아리기도 모호한 정도의 시간이 지났는데, 봄은 도무지 예외를 모른다.

돌아오는 봄에도 여전히 안절부절 못하겠지? 떨리는지 지루한지 모르는 채, 집으로 돌아가는 버스나 기차 안에선 고개를 한쪽으로 뉘이겠지.

짧고 길은 잠을 청하면서, 그 모든 계절과 마음을 한꺼번에 회의하겠지.

—

누가 보고 싶어서, 그렇다고 말했다.

그날 당신이 예뻤던 이유에 대해서도 침착하게 말했다.

참 많이 웃다 못내 따뜻했던 새벽,

부끄러워하는 얼굴에 홍조가 있었다.

—

너의 계절은

—

단 한 번의 여름을 좋아한 적 없었는데,
그해 여름은 달랐다.

—

여름이 젊음, 일탈, 모험 같은 단어와 동의어처럼 쓰일 때마다 나는 어쩐지 외로워지는 것 같았다. 세상 모든 여름이 그렇다는데, 내가 겪은 모든 여름은 침착하기만 했다. 바다는 좀 귀찮은 배경이었다. 짜고, 붐비고, 모래는 버석거리는데 바람은 끈적이기까지 해서.

여름 바다에서 놀았던 몇 개의 밤을 갖고는 있었지만 마냥 신이 난 적은 없었다. 여럿이서 친구의 팔과 다리를 잡고 바닷속으로 슬쩍 던져 넣는 장난도, 모래사장에서 할 수 있는 살가운 놀이에도 시큰둥했다. 어디 가서 책이나 읽었으면, 혼자 그렇게 생각하면서 멋쩍어 했다. 하지만 들키지 않으려고, 다 같이 있을 땐 진심으로 크게 웃었다.

봄엔 대체로 어쩔 줄 몰랐다. 겨우내 바짝 얼어 있었던 마음이 녹기 시작할 땐 무방비 상태가 되는 것 같았다. 기온이 올라가면 사람들의 표정부터 연해지기 시작했다. 얇은 옷을 입고 '까르르' 웃으면서 걸어가는 사람들이 귀여워 보이기 시작하면 그날부터 봄이었다.

보기에 좋으니 들뜨기도 같이 했다. 아무 일도 없는데 마음이 먼저 붕붕거릴 땐 혼자서 머쓱했다. 봄이라고 다 사랑에 빠지는 건 아니지만, 그럴 것 같은 마음만으로도 이렇게 두근거리니까 또한 봄이라고, 혼자 걸으면서 물색없이 좋아하는 계절이었다.

가을은 일기처럼 시작하는 계절이었다. 오랜만에 비가 내린 다음 날 아침엔 "오늘이 가을의 첫날 같았다"라고 어디든 썼다. 기온이 영상 20도 아래로 내려간 날, "오늘부터 가을인가 봐!" 누군가에게 보내는 문자는 그 자체로 구애 같았다.

'추워진대요, 우리 올해는 같이 보낼 수 있을까요? 거절하지 마세요, 스산한 계절이니까. 계절이 바뀔 때마다 당신이 생각나요.'

느낌표까지 명랑하게 찍은 문자 뒤엔 사실 이런 마음이 숨어 있었다. 그런 채 낙엽처럼 구르면서 즐기는 계절이었다.

좋기로는 겨울이 최고였다. 겨울만이 우아하게 '혼자'를 허락하는 것 같았다. 양손을 더플코트에 찔러 넣고, 이어폰을 끼고 비니를 쓰면 붐비는 어느 곳에서도 혼자일 수 있었다. 스키 타는 걸 그렇게 좋아하면서도 누구한테 권한 적은 없었다. 혼자 스키장에 가서, 제일 한적한 꼭대기 코스에서, 지쳐서 비탈에 누울 때까지 타고 돌아오는 일정만을 즐겼다. 귀여운 사람만 보이면 "어디서 오셨어요? 혼자 오셨어요?" 묻는 질문들은 거기서도 경박하고 부질없어 보였다. 리프트에 혼자 앉아서 생각했다.

'아니, 저런 식으로 누굴 만나기도 하는 거야? 그렇게 쉬운 거야? 그렇게 쉬운 사랑을 왜 하려는 거야?'

밤에도 열이 다 식지 않았던 그해 여름엔 한남대교를 몇 번이나 걸어서 건넜다. 티셔츠가 땀으로 젖어가는 걸 느끼면서, 다리 한 가운데 만들어놓은 전망대에선 사진을 찍었다. 자동차 안에서나 스쿠터 위에선 볼 수 없었던 스케일의 서울이 다리 위에 있었다. 압구정 둔치 쪽에는 자전거를 타거나 빠르게 걷는 사람들이 강처럼 흐르고 있었다. 나누고 싶어서, 사진을 찍어 보내고 다시 걷기 시작했다. 한강은 검고 조명은 단정했다. 어떤 순간의 바람은 썩 시원하기도 했다.

"산책 나갔어요? 같이 걸으면 좋겠다."

마침내 메시지를 받았을 때 나는 어떤 표정으로 웃고 있었을까? 내가 받은 마음은 그대로 약속 같았다. 가벼운 약속은 기약이 없어도 좋았다. 산책은 언제든 할 수 있는 거니까, 같이 걷기를 원하는 마음은 사뿐하기만 했다. 여름을 사랑하는 사람으로부터의 문자였다. 땀을 뻘뻘 흘리면서도 많이 걷고, 기온이 떨어지면 덜컥 섭섭함이 앞선다고 말하는 사람. 폭염이 이어지던 한낮의 서울에서도 "너무 뜨겁지만 그래도 여름이 좋아요" 말하면서

"헤헷" 하고 웃는 사람. 같이 보냈던 몇 번의 낮 동안은 계절이 우리 것 같았다.

"어머, 얘 표정 좀 봐, 그런 표정으로 누구랑 문자를 하는 거야?"

세상엔 도저히 감출 수 없는 감정도 있는 법이니까, 누군가와 함께였던 술자리에서 그 사람과 메시지를 주고받을 땐 이런 질문을 받기도 했다.

"너, 뭔가 시작된 것 같은데?"

짓궂게 예측하는 친구한텐 "그런 거 아니야" 웃으면서 말했다. 하지만 어떤 관계는 아무렇지도 않게 취향을 건드리고 지나갔다. 한 번도 좋아한 적 없는 계절의 장점을 발견하게 하고, 싫은 것투성이었던 여름이라도 아쉬워하게 만들었다. 동네 슈퍼에 진열돼 있는 제철 과일들이 눈에 들어오기 시작했다.

"돌아가는 길이에요. 혹시 통화 가능해요?"

"그럼요! 책 읽고 있었어요."

나는 한남대교 위에서 북쪽으로 걸어 집으로 돌아

가고 있었다. 그때 들었던 당신 목소리에는 나른하게 잠이 묻어 있었다. 그렇게 목소리를 듣고 같이 산책하길 원하는 시간만으로도 새롭고 충만해지던 계절이었다.

이 태풍이 지나가면 곧 가을일까? 점점 짧아지는 가을이 지나가면 나는 또 강원도 산꼭대기 어디에 혼자서 있을까? 아무래도 좋았고, 중요한 건 오로지 당신과 나누는 순간이었다. 처음으로 예뻐 보인 여름의 복판.

남은 여름이 한창이었다.

우리, 좀 지루해도 괜찮아요?

—

아주 오랫동안이었다.
불안하게 곁을 내주느니 기꺼이 혼자가 되는 편을 택했다.

—

어떤 밤엔 차를 타고 서울을 마구 돌아다녔다. 한강 다리를 몇 번이나 건넜다. 생전 처음 보는 동네와 익숙한 동네를, 늘 침착하고 조용한 동네와 새벽까지 뜨겁게 달아오르는 동네를 맥락 없이 맴돌다가 아무 데나 멈췄다. 차 안에 앉아서 시원한 음료를 한 잔 마시고 다시 집으로 돌아오곤 했다.

아주 먼 도시에 가서 일단 잠부터 자고 아침 일찍 일어나 여행을 시작했던 주말도 있었다. 좋아하는 식당 하나만 보고 갑자기 길을 나섰다. 마침 태풍이 몰고 온

빗발, 주말 밤 경부고속도로의 정체 같은 건 아무래도 좋았다. 아무 때나 혼자 떠나는 여행이야말로 자유의 증거라고 생각했다. 충분히 즐거웠으니 외로울 틈도 별로 없었다.

나는 혼자 지낼 수 있는 방법을 알차게 아는 소년이었다. 방에선 시간 가는 줄도, 외로운 줄도 몰랐다. 몇 시간이고 혼자일 수 있었다. 덥거나 추워도 관계없었다. 책을 읽거나 피아노를 치거나, 영화를 보거나 뭘 만들면 하루가 순간이었다. 누구랑 억지로 연결되어 있지 않아도 놀거리가 그렇게 많았다. 몇 시간이나 고개를 숙이고 책을 읽을 때 목이랑 명치 사이에서 올라오는 행복의 감질맛. 나한테는 외로움이 일상이었다는 뜻이다.

혼자 바닥까지 가라앉아서 가쁜 숨을 쉬는 날이 없지 않았지만, 대체로 사소하고 지속적인 평화가 있었다. 일상은 내가 통제할 수 있는 세계였다. 외로움이 평화를 위한 대가라면 몇 번이고 치를 수 있었다.

오랫동안 그런 식이었다. 누군가와 함께 있고 싶었

지만 아무도 곁에 두지 않았다. 외롭다고 징징대느니 혼자 산책하는 시간이 좋았다. 메시지를 보내는 방법이 오만 가지나 되는 요즘 같은 시대에도 그런 말로 칭얼대진 않았다. 그건 품위의 문제라고도 생각하니까. 그게 나의 적극성이었다.

하지만 내 몸마저 내 것 같지 않은 날. 그때의 감정에는 내 의지를 넘어서는 힘이 있었다. 목덜미를 꽉 쥐고 숨도 못 쉬게 흔들어댔다. 나는 곧 숨이 넘어갈 것처럼 컥컥거리다 이내 무기력해졌다. 내 마음까지 내가 어쩔 수 없다고 생각하면 세상이 다 악마 같았다. 내 의지, 내 선택과는 아무 관련도 없이 마이너스의 방향으로 미쳐 날뛰는 시간. 그것의 총합으로서의 인생 같은 것.

그러다 연애를 무슨 훈장처럼 여기는 시대가 됐을 때, 누구와 함께이지 않은 상태를 무슨 결핍처럼 취급하기 시작했다. 그때 나는 대학생이었나? 술이 무슨 대단한 해방인 줄 알고 마시기 시작했을 때? 술 마시고 하는 고백은 사실 세상 멋없다는 것도 모를 때? 하지만 졸업 후에도, 30대가 됐을 때도 비슷했다. 혼자를 결핍으로 여기는 사람이 너무 많았다. 온갖 단어 앞에 '혼' 자를 붙이는 건 그렇게 오랫동안 굳어진 이미지에 대한 문화적 시위 같았다. 어쨌든 최대치의 경험을 가진 자가 승자처럼 보이는 연애 시장, 나는 방법을 모르는 채 엄격해지기만 했다. 오랫동안 좋게 지내는 친구는 이렇게 말했다.

"넌 되게 친절한 것 같은데 실은 냉정해. 가까운 것 같은데 그렇지도 않고. 계속 밀어내는 것 같아."

예의와 무례 사이, 친밀함은 그 어딘가에 있는 원더랜드 같았다. 늘 의문이었다. 왜 허물어져야 친해진다고 생각하는 거지? 취해서 비틀거린 다음 날 어깨동무를 하려는 선배들과는 조금도 친해진 적 없었다. 술 몇 잔 마시고 '형' 소리를 하던 사람들은 이제 한 명도 모른다. 서툴면서, 그래서 한다는 게 술자리 게임 같은 거면서, 과장이나 부장쯤 됐으면서도 게임 말고 할 말이 없으면서도 다들 그게 정답인 것처럼 굴었다. 그 서툰 관계의 양식이 이 사회를 가까스로 지탱하고 있는 것 같았다.

여행을 할 수 있다면 다른 생태계로 떠나고 싶었다. 자동차로 몇 시간이면 갈 수 있는 작은 도시 말고, 비행

기로 떠날 수 있는 따뜻한 나라도 됐으니 나랑 비슷한 리듬으로 서로를 찾는 사람들이 있는 곳. 서투르면 기다려주기도 하고, 기꺼이 "괜찮다" 말해줄 수 있는 사람이 있는 땅을 찾고 싶었다.

"좀 천천히 해도 돼요? 우리 천천히 가요. 좀 지루해도 괜찮아요? 난 지루한 거 좋아해."

그래서 당신한테 이런 말을 했을 땐 조바심이 나를 지배하고 있었다. 용기가 필요했다. 속을 다 드러내면 다시 혼자가 될 것 같았다. 당신이 곧 떠날 것 같아 두려워 죽을 것 같았다. 하지만 저 밑에 있는 나까지 솔직히 꺼내지 않으면 더 이상 가까워질 수 없는 게 관계의 아이러니였다. 이런 대답을 들을 때, 그렇게 조심스러웠던 당신 목소리.

"응, 좋아요. 나도 지루한 거 좋아해. 그냥 같이 걷고 그래요. 충분해."

어쩌면 당신도 같은 시간을 보내온 걸까? 그래서 우리가 이렇게 내밀할 수 있는 걸까? 저렇게 명랑한 눈빛으로 어떻게 이렇게 그윽한 표정을 지을 수 있지? 그때의 기분을 말로 전할 수는 없었다. 나는 한동안 아무 말도 못 하다 겨우 "고마워요" 말하면서 오래 웃었다.

요즘은 그때의 일상과 외로움이 지금의 우리를 든든하게 떠받치고 있다고 느낀다. 내가 어떤 시간을 가장 편하게 느끼는지, 나를 즐겁게 하는 것들의 성질에 대해서도 그때 다 알았다. 그런 시간이 있어서 지금 같은 시간도 있는 거니까, 지난 외로움에 대해선 어떤 후회도 없었다.

충분히 외로웠으니까 더 이상 외롭지 않은 일상 속에서, 나는 당신과 함께였다.

충격

—

우리는 자주 침묵했다.
그러다 느낌표처럼 말했다.

—

중학교 때, 학원에서 나오는 시간은 새벽 1시 즈음이었다. 집까진 걸어서 20분 정도 걸렸다. 나는 눈이 크고 마른 여자애와 자주 같이 걸었다. 쉬는 시간에 쓴 편지를 헤어질 때 건네주곤 했다. 아무렇게나 접은 연습장일 때도, 편지지와 편지봉투에 격식을 차린 때도 있었다. 그 길에서 꽤 많은 대화를 나눴다. 이렇게 민망하고 풋풋한 대사들이 아직도 생생하다.

"나 있잖아, 요즘 다른 사람이 나를 어떻게 생각하는지 너무 궁금해."

"나중에 노래방 가면 이 노래 꼭 불러줘."

"…꼭 집에 가서 읽어봐."

그때는 '좋아한다' 말하는 게 그렇게 부끄러웠다. 그래서 다른 말을 참 많이도 에둘러 했다. 어떤 대화는 유난히 잊히지 않았다. 어느 날은 여자애가 물었다.

"넌 집에 불나면 어떨 것 같아?"

나는 잠깐 생각하다 말했다.

"일단 119에 전화를 해. 그리고 물에 적실 천을 들고 화장실로 가야지. 이불이랑 수건이랑 얼른 찬물로 적셔서 빨리 엄마랑 누나들을 찾아. 아빠는 아마 나랑 똑같이 움직이고 계실 거야. 그러다 거실 즈음에서 다 같이 만나지 않을까?"

"당황 안 하고?"

"불났을 땐 둘 중 하나일 것 같아. 최대한 빨리 집 밖으로 피하든가, 끄든가."

여자애가 동그랗게 커진 눈으로 말했다.

"그거, 좀 비인간적이다."

같은 해였다. 여름방학이 시작되던 날 구름다리에

서 떨어져 왼팔이 부러졌다. 나는 팔을 부여잡고 모래 위에 웅크려 앉아 있었다. 운동장에서 축구하던 친구가 놀라서 달려왔다. 손목과 팔꿈치 사이가 이상하게 꺾여 있었는데, 그 형태를 보는 것만으로도 너무 무서웠다.

"선생님, 이거 부러진 거 아니죠? 빠진 거죠?"

"으이그, 얼마나 아프니."

양호 선생님은 침착하게 부목을 대고 붕대를 감아 주었다. 연락을 받고 찾아온 엄마가 양호실 문을 열었을 때, 나는 아마도 웃으면서 말했다.

"엄마, 나 팔 부러졌대. 빠진 거 아니래."

엄마는 아직도 가끔 말한다.

"너 그때 너무 놀라고 아파서 얼굴이 파랗게 질려 있었어. 입술에 핏기가 하나도 없고. 그런 애가 팔에 붕대를 감고 억지로 웃는데… 얼마나 아팠을까?"

병원에선 비명 소리가 너무 많이 들렸다. 뼈를 맞추고 나올 땐 엉엉 우는 사람도 있었다. 내 차례가 됐을 때, 엄마는 저쪽으로 고개를 돌리고 있었다. 의사 한 명이 내 어깨를, 또 한 명이 왼쪽 팔을 잡았다. 얼굴은 의사 가운에 묻고 있었다. 방 안에서 오래된 석고 냄새가 났다.

"참아보자. 하나, 둘, 셋 하면 당길게. 하나, 둘…"

"흡!"

"좋아, 한 번만 더. 이 선생 꽉 잡아. 하나, 둘…"

"흡!"

숨이 다 멎는 것 같았다. 하지만 소리를 지르지는 않았다. 젊은 의사들이 말했다.

"꼬마, 센대?"

고개를 돌린 채 비명 소리가 안 들리는 걸 이상하게 생각했던 엄마 얼굴을 다시 봤을 때, 나는 다시 활짝 웃어 보였다. 어색하게 뒤틀렸던 팔 모양이 다시 똑바로 되어 있었다. 통증도 조금 가셔 있었다. 엄마도 긴장이 조금 풀린 얼굴로 말했다.

"아들, 이제 좀 혈색이 돌아오네?"

그날 "그건 좀 비인간적"이라고 말했던 눈이 큰 여자애는 의사가 됐다. 내 왼팔은 이제 건강하다. 이런저런 충격은 무심한 와중에 다 지나갔고, 더 이상은 지구 어디서도 어리다고 말할 수 없는 나이가 되었다. 시간은 제

멋대로 흘렀다. 살아 있는 시간과 성숙 사이에는 별 관계가 없었다. 위급한 상황에 침착할 수 있다고, 극심한 고통을 참아낼 수 있다고 어른이 되는 건 아니라는 걸 매년 새롭게 깨달았다. 여전히 나 자신을 어쩌지도 못하면서 누굴 그리워하는 순간만 점점 잦아졌다.

다만 한 가지 원칙은 생겼다. 이제 말은 최대한 덤덤하게 하려고 한다. 보고 싶다는 말도, 이런 거 이젠 그만하고 싶다고 말할 때도 침착한 마음으로 담백하게 전하려고 한다. 뼈를 맞출 때 숨을 참 듯, 방에 불이 났을 때 물에 적실 만한 천을 찾는 것처럼. 말이란 그렇게도 소중한 거라서. 그것만은 분명히 알게 됐으니까.

말을 고르는 시간과 입을 여는 시간 사이를 최대한 줄이려는 연습도 같이 하고 있다. 갖고 싶은 게 생기면 그때그때 사고, 누가 예쁘다고 생각할 땐 담담하게 "당신 참 예쁘다" 말하려고도 한다. 손을 잡고 싶을 땐 그러고 싶다고, 당신이 좋아서 그렇게 하고 싶다고 말하려고 한다. 그렇게 애를 쓰는 동안에도 되고자 하는 어른은 아직 못 되었지만 한 가지는 확신할 수 있게 됐다. 대화로 마음을 나누는 일은 종종 부러진 뼈를 맞추는 것보다 어려웠다. 때론 더 아프기도 하고.

어제는 하루에도 몇 차례나 소나기가 내린 날이었다. 오늘은 영원히 식을 것 같지 않던 여름이 제대로 한 풀 꺾여 있었다. 우리는 둔치를 걸으면서 자주 침묵했다. 그러다 문득 "지금 너무 좋다", 느낌표 같은 말만 주고받았다. 남은 시간도 그런 느낌표로 채우고 싶었다. 너무 많이 아프거나 다치지 말고, 지금 같은 침묵 속에서.

"올 여름은 정말 더운 줄도 모르고 지나갔네요."

이런저런 생각을 하면서 걷고 있을 때 당신이 말했다. 티셔츠가 땀으로 조금 젖어 있었는데, 바람을 몇 번 맞았더니 금세 식었다. 바닥엔 딱 일주일만 살고 떨어진 매미가 파닥거리고 있었다.

관계는 고전적이다

═

능수능란한 DM 같은 건 얄궂다.

═

만날 때마다 숲에서 하는 산책 같았다. 야근에 야근을 반복하던 날 어떤 새벽에 20분만 만났을 때도, 스트레스가 정수리를 뚫고 터져 나갈 것 같은 날에도 그랬다. 우린 회사 앞에서 만나 편의점에서 마실 거리를 샀다. 그대로 차를 타고 가깝고 한적한 공원으로 갔다. 피곤했던 것도, 지쳐 있었던 것도 몸보단 마음이었다. 내 마음을 들여다볼 때마다 어떤 구석부터 심하게 녹슬어가는 게 느껴졌다.

하지만 같이 있었던 공원에선 다시 깨끗해지는 것

같았다. 지대가 높은 공원이었다. 그런 높이에서만 느낄 수 있는 서늘하고 맑은 공기였다. 둘이 얘기하는 목소리가 촘촘한 안개입자 사이에 머물다가 사라지다가 했다. 그때 우린 아무 사이도 아니었다. 둘만 있었던 적은 한 번도 없었던 사이, 그나마 한 동안은 못 봤던 사이였다. 그러다 무심코 닿았다. 전화로 안부를 주고받았다. 가끔은 이렇게 만나기도 하는 사이가 됐다.

"그렇게 힘들어서 어떡해?"

"그래도 지금은 괜찮아요. 좀 나아."

대화는 소소했다. 소재는 일상이었다. 그게 쌓이니까 관계의 밀도가 달라지기 시작했다. 서로의 건강과 컨디션을 자주 챙기기 시작했다. 달이 예쁘게 떴을 땐 가까스로 초점을 잡아 찍은 사진을 주고받았다. 순간의 마음을 나누면서, 우리는 계절처럼 가까워지고 있었다.

어떤 날 밤엔 더 가까이, 더 오래 있고 싶어지기도 했다. 더 이상 담백하게 이야기만 나누고 싶은 마음이 아니었다. 몇 잔의 술을 나눌 수 있는 정도의 시간을 같이 보내다 서로의 몸이 닿았을 땐 우리가 좀 다른 관계로 접어드는 것 같았다. 조금 분방해진 것 같은 동공, 어쩐지 부스스하게 일어난 것 같은 머리, 점점 분홍색이 되어가던 피부색. 시간에 끼워놓은 책갈피 같은 밤이었다.

하지만 거기까지였다. 우리는 정신없이 반했으면서 숨기려고 애쓰다 결국 안전한 거리감을 유지한 채 헤어졌다. 거기서 더 깊어지면 우리 관계를 어떻게든 정의해야 할 것 같아서였다. 썸이니 연애니 연인이니 하는 몇몇 단어들에는 이미 신물이 나 있었다. '사귀는 사이'라는 말이 갖고 있는 뉘앙스는 영원히 가볍고 모호할 것 같았다. 누구나 한때는 연인일 수 있잖아? 그렇게 뜨거웠다가 겨울처럼 식어버리는 게 연애잖아? 잿더미가 된 것 같은 심정으로 며칠 앓고 나면 다시 새로워지는 것도 결국은 그런 마음이잖아?

마음이 점이라면 관계는 선 같았다. 좋은 마음을 드러내는 순간 연필 하나를 같이 쥐는 셈이었다. 둘이서 하는 일이니까, 직선이든 곡선이든 내 마음대로 그릴 수는 없었다. 나 아닌 사람의 마음도 어쩔 도리가 없었다. 그날 밤도 그랬다. 마주 앉아 그렇게 예쁜 눈이랑 피부를 보고 있는데 이렇게 허무한 생각이 바위처럼 들어앉아 있었다. 서로의 피부를 느끼다가, 밤이 조금 더 깊어진 후에도 사라지지 않았던 바위였다.

그 후 얼마간의 시간이 지나는 동안, 우리는 자연스럽게 조금 더 바빠졌다. 보고 싶은 순간은 더 잦아졌지만 볼 수 있는 순간은 귀해졌다. 천천히 멀어졌다는 뜻이다. 저녁과 밤을 같이 보내다가 머뭇거릴 시간조차 사라졌다. 가끔 만났을 때도 시간에 쫓겼다. 몇 세기였지? 앤드류 마블이라는 영국 시인이 생각났다.

"하지만, 나는 항상 듣는다오 / 바로 나의 등 뒤에서 / 날개 달린 시간의 마차가 황급히 다가오는 소리를 / 그리고 저편 우리 앞에 / 광막한 영겁의 사막이 놓여 있습니다."

바로 다음 싯구는 이렇게 이어진다.

"대리석 무덤 속에선 그대의 아름다움은 더 이상 찾을 수 없을 것이며."

인간이란 결국 시간에 쫓기고, 끝내는 늙고, 당신의 아름다움과 내 정열도 시간이 지나면 곧 사라진다는 뜻이다. 그러니까 바로 지금 사랑을 나누자는 유혹이다. 응큼하지만 우아하고 솔직해서 떠올릴 때마다 웃게 되는 시. 유튜브에는 이 시를 갖가지 방식으로 낭독한 영상이 있다. 때론 우아하고 진지하게, 어떤 사람은 익살스럽고 과장되게.

만날 때마다 이 시 같은 심정이었다. 나는 반갑고 좋아서 강아지 같았는데, 목줄이 점점 짧아져서 가까이는 못 가는 상황 같았다. 그렇게 시간만 흘렀다. 보고 싶을 때마다 '날개 달린 시간의 마차'가 뒤에서 뭔가 모조리 휩쓸고 달려오는 소리가 긴박하게 들렸다. 그러는 동안 '좋아해요' 말하고 싶은 마음이 점점 단단해졌지만, 그날 밤 우리 사이에 놓여 있던 그 거대한 바위를 치울 힘이 없었다.

놓친 순간은 다시 오지 않았다. 시간을 돌리려고 억지를 부리면 연필이 부러질 것 같았다. 이럴 때마다 깨닫는다. 언제든 마음을 전할 수 있는 시대가 되었어도 관계는 고전적이다. 때론 살갑게, 가끔은 솔직하고 능란하게 보내는 DM 같은 건 결국 얄궂다. 진짜 중요한 건 둘이 마주 앉은 순간의 마음이었다. 머뭇거릴 여지도 없이 떨리는 결심이었다.

지금은 돌이킬 도리조차 없는, 하지만 몇 번이고 다시 펼치고 싶은 페이지였다.

—

계기 같은 건 없어요.

그날 같이 있을 때, 그냥 그런 느낌이 들었어요.

'아, 이제 우리는 서로한테 너무 깊이 스며들었다.'

그게 너무 좋아서, 계속 같이 있고 싶어서,

사랑한다 말해야겠다고.

—

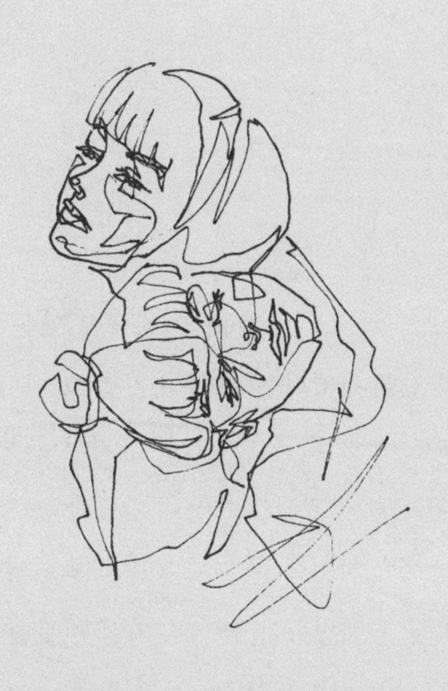

우리가 가까워지는 데 걸렸던 시간

—

영원히 혼자일 수밖에 없을 거라고 생각하면서
침침했던 오후도 너무 많았지만.

—

직장 생활을 막 시작했을 땐 지구에 있는 모든 사람들이 다 술친구 같았다. 우리가 마시던 그 테이블이 서울의 사교계였다. 응당 그래야 하는 예의와 환대 사이에서 서로 좋은 사람이 되려고 애쓰던 밤들. 가끔은 아찔했지만 대개는 취한 사이에 다 지나버렸던 몇 년의 시간들. 우리는 몰라서 친해졌다가 곧 파티처럼 시들해졌다. 평생 전화할 일 없는 사람들의 무의미한 목록이 그때 다 늘었다.

그날의 좌절도 비슷했다. 너무 많은 것들이 완벽하게 끝나 있었다. 일은 아주 새로운 국면으로 접어들고 있었다. 그렇게 좋아했던 한 친구는 무참히 신뢰를 잃고 멀어지는 중이었다. 어설픈 거짓말과 모함. 나를 이용해 다른 사람을 취하려는 시도를 건너 건너 전해 듣고 알게 된 참이었다.

이제는 끝내야 하는 관계였다. 친구나 연인이나, 이별을 결심하는 계기와 과정은 놀랄 만큼 닮아 있었다. 친구가 되는 건 술자리만큼 쉬웠지만 좋은 친구가 되는 건 귀한 일이었다. 그렇게 같이, 오래 지내는 건 생존보다 어려웠다. 친구의 거짓과 이별의 규칙. 그런 사실을 매일 아침 다시 깨달으면서 생수를 마셨다.

그래서였을까? 그 즈음엔 혼자 있을 때가 가장 편했다. 유난히 한적하고 조용한 동네 카페에서 랩톱을 펼쳐 놓고 시사 주간지를 읽던 오후를 많이 만들었다. 괜한 사진을 많이도 찍었다. 인스타그램은 이럴 때 하는 걸까? 내가 얼마나 상심한 상태인지, 사람 목소리 같은 건 듣고 싶지도 않아서 이렇게 혼자 있기를 선택했다는 말은 페이스북에 쓸까? 트위터에? 몇 권의 책을 번갈아 읽다가 지치면 보고 싶었는데 오래 못 봤던 사람, 근처에서 일하는 사람에게 메시지를 보내기도 했다.

"저 근처에서 커피 마시고 있어요. 일 힘들거나 졸리면 잠깐 내려올래요? 와서 커피 갖고 올라가요."

어렸을 땐 이런 감정이 낯설고 무서워서 어쩔 줄 몰랐다. 모든 게 영원할 것 같아서였다. 외로움은 올라갈 수 없는 언덕 같았다. 괴로움은 이렇게 영원히 사라지지 않을 것 같았다. 좋아하는 마음이 좋아하는 마음인 줄도 모르고, 그 사람과 어떻게 가까워져야 하는지는 풀 수 없는 수수께끼 같았다. 내 마음의 무게감에 하릴없이 흔들리던 시절. 내 마음에 스스로 느끼는 부담이 너무 커서 아무것도 할 수 없었던 때였다.

하지만 감정에는 무게가 없었다. 이별이나 종결, 배신이나 증오도 결국 사라진다는 걸 이후의 시간이 알려주었다. 나는 이제 어쩔 줄 모르고 서성대는 스무 살 남자애가 아니었다. 보고 싶은 마음과 친해지고 싶은 마음,

좋아하는 마음과 더 오래 같이 하고 싶은 마음을 구분할 줄 모르는 것도 아니었다. 그래서 담담할 수 있었다. 마침 가까이 있는 누군가에게 커피를 줄 수 있다면 좋아질 것 같은 기분으로 보낸 메시지였다. 마침 오후 4시 즈음이었다. 누구나 지칠 시간.

"잠시만요, 저 지금 밖인데 근처 가서 연락드릴게요. 조금만 기다려주실 수 있죠?"

5분 후에 받은 메시지에는 이렇게 쓰여 있었다. 30분 정도 지났을 때, 검정색 롱패딩에 운동화 차림으로 그 사람이 급하게 카페 안으로 들어왔다.

"와, 오랜만이에요! 바쁘신 거 아니에요?"

"오늘 휴가라서, 저기 시내 미술관에 있었어요."

"응? 거기서 버스 타고 오셨어요? 왜?"

"여기 혼자 계신다고 해서."

그날 카페에는 4시간 남짓 있었다. 가운데 1시간 정도는 그 사람과 함께였다. 그 모든 순간의 기억이 누가 찍어준 영상처럼 남아 있다. 한적한 카페에서 면바지에

맨투맨 셔츠를 아무렇게나 입은 나와 검정색 롱패딩 지퍼를 끝까지 올려 입고 운동화를 신은 그 사람이 마주 보면서 웃고 있다.

"혹시 당신을 볼 수 있지 않을까 해서 그 카페에 갔던 거예요."

"나도, 거기 계신다고 해서 바로 버스 타고 간 거였어요. 친구한테는 잠깐만 기다리라고 하고."

그날 이후 몇 년인가 지났을 때, 우리는 서로 고백하듯이 이런 대화를 나눴다. 이젠 친구를 끊어내야 한다고 생각하면서 괴로워하던 날, 모든 걸 처음부터 다시 시작해야 한다고 생각하면서 위축됐던 그날 오후에는 상상도 못 했던 대화였다.

가끔 생각한다. 우리는 어떤 시간을 어떻게 보내고 나서야 이렇게 같이 있게 된 걸까? 어쩔 줄 모르고 어색했던 시간, 몇 번의 이별과 실연, 또 몇 번의 실수와 배신을 경험하고 나서야 서로에게 이런 평화가 되었을까?

당신을 만난 후엔 멀어진 사람들을 멀어진 대로 두

는 법, 가까워진 사람은 또 그대로 아끼는 법을 매일매일 배웠다. 지나간 시간을 외면하지 않고 앞으로의 시간도 두려워하지 않는 마음의 온도에 대해서도 같이 생각했다.

당신이 맞은편에서 웃고 있을 때, 시간이 조금 순해진 것 같았다.

최악의 하루, 완벽한 순간

—

아주 사소한 이유로 산산조각 났던 하루가
갑자기 완벽해졌다.
당신 덕분에.

—

잠들기 전에 이튿날 아침 일정을 설계하는 건 건강한 습관이라고 믿는다. 그렇게 마음을 먹고 자면 실제로 그렇게 보낼 수 있는 확률이 높아지기도 하니까. 하지만 어디까지나 혼자서 하는 생각. 한정된 시간의 한 토막까지 내 시간으로 만드는 아주 사소한 비밀일 뿐이다. 더 이상 그것 때문에 스트레스를 받지는 않는다. 혼자서 고개 숙이고 외는 유쾌한 주문 정도로 여긴다.

그날도 대단한 아침은 아니었다. 중요한 일, 긴장되는 일정이 있어서 각오가 필요한 날도 아니었다. 그저 그런 날, 매일처럼 평범한 날, 일상을 좋게 소화하기 위한 몇 가지 다짐을 했을 뿐이었다. 일어나서 원고를 쓰고 요가 수련을 해야지. 다녀와서 점심 식사를 정성껏 차려 먹어야지. 오후엔 몇 가지 미팅을 하고 관공서 몇 군데에 다녀오면 저녁 시간이 될 거야. 모처럼 약속이 없는 밤에는 책을 읽고, 잠들기 전까지 다시 원고를 써야지.

하지만 샤워를 하고 나왔을 때, 휴대전화 잠금 화면에 이런 메시지가 떠 있었다.

"정말 미안해요. 이따 하기로 한 미팅을 좀 조정할 수 있을까요?"

당길 수는 있어도 미룰 수는 없는 미팅이었다. 전화를 걸었다.

"네, 그럼 오전 11시 즈음 뵐까요? 네, 네, 좋습니다. 고맙습니다!"

이 전화 통화가 최초의 도미노였다. 11시 약속을 기준으로 이전과 이후의 시간이 천천히 쓰러지기 시작했다. 원고를 쓰려면 최소한 3시간은 확보되어야 했다. 오로지 혼자일 수 있는 시간, 양질의 집중이 가능한 시간이

어야 했다. 하지만 남는 시간은 1시간 반 남짓이었다. 미팅이 정오 즈음 끝나면 요가 수련도 할 수 없었다. 모처럼 집밥을 차려 먹겠다는 일정도 고스란히 사라졌다.

그래도 당황할 일은 아니었다. 일의 순서를 약간만 바꾸면 문제없었다. 채 시작도 않은 하루, 오늘 해야 하는 일을 오늘 안에만 마무리하면 되는 거니까. 혼자 정한 일정 같은 건 흔들려도 괜찮았다. 하지만 잠깐이나마 원고를 쓰려고 앉았을 때 도착한 문자 한 통이 남은 하루를 제대로 뒤틀어버렸다.

내가 통제할 수는 없지만 나한테 지대한 영향을 주는 타인의 일, "오늘까지 반드시 완수해야 했지만 그럴 수 없어 미안하다"는 문자였다. 태도도 엉망이었다. 미안하다는 기색, 만회의 의지도 없었다. 이렇게 됐으니 그리 알라는 통보에 가까웠다. 어떻게 이럴 수 있지? 예의는 가까운 사이일수록 엄격해야 하지 않나?

일상은 아주 연약한 동심원 하나라고 오랫동안 생각해왔다. 원 안에는 내가 통제할 수 있는 일, 밖에는 무슨 수를 써도 내가 통제할 수 없는 일이 있다고 상상하는 식이었다. 원 밖에서 벌어지는 일에는 손쓸 수 있는 방법이 없었다. 모든 타인이 원 밖에 있었다. 그들이 하는 일과 말, 선의와 적의를 포함한 크고 작은 마음들까지. 그렇게 도식화 하면 상황을 좀 쉽게 정리할 수 있었다. 포기해야 마땅한 상황에 필요 이상의 애착을 두지 않았다는 뜻이다. 하지만 마음이란 얼마나 연약한지, 하루는 또 얼마나 쉽게 무너지는지.

깊이 실망해서 심난해진 마음으로는 어디에도 집중할 수 없었다. "괜찮으니 신경 쓰지 말고 마저 마무리하자"는 문자를 보내놓고 다시 샤워를 했다. 미팅은 소득 없이 길기만 했는데 그대로 점심 식사까지 뻔뻔하게 이어졌다. 먹는 둥 마는 둥 의미 없는 농담만 가득했다. 이후 일정도 엉망진창이었다.

관공서에 갔을 땐 빼먹고 온 게 너무 많았다. 인감도장은 사무실에 두고 왔다. 회사 인감증명은 3개월이 지나서 쓸모가 없었다. 다시 사무실에 들어왔을 땐 그 작은 동심원 안쪽이 이미 폐허였다. 원 안으로 침범해 들어온 타인이 너무 많았던 하루였다. 다시 휴대전화가 반짝였을 땐 그냥 모르는 척 하고 싶었다. 더 이상의 타인은 거부하고 싶었지만….

"오늘 잘하고 있어요? 밥은 먹었어?"

"오늘 좀 엉망…. 점심도 먹는 둥 마는 둥 했네. 걸어가서 김밥 한 줄 사올까 봐."

"그랬구나, 좋은 생각이에요. 챙겨 먹어요. 배고프면 괜히 더 안 좋아. 일단 좀 먹어봐요. 걷고."

아무렇지 않게, 원래 그랬던 것처럼 곁을 내줄 수 있는 유일한 사람으로부터의 친근한 메시지였다. 기꺼이 내 곁에 있는 사람의 걱정과 조언이었다. 신기했다. 이 사람은 내 원 안에 있는 걸까? 밖에 있는 걸까?

나는 당장 외투를 챙겨 입고 나와서 걷기 시작했다. 김밥을 주문하고 자리에 앉았을 때 다시 휴대전화가 반짝였다.

"김밥 먹고 있어요? 나 잠깐 가도 돼?"

"응? 당신 지금 근처에 있어요? 어딘데?"

"거기 있어봐요. 잠깐만 기다려!"

마지막 김밥 한 알을 먹을 때 즈음이었다. 활짝 웃으면서 식당 문을 열고 들어온 그 사람이 성큼성큼 테이블로 와 나를 덮듯이 안아주었다. 나는 의자에 앉아서 그 사람을 마주 안았다. 외투에 찬 공기가 잔뜩 묻어 있었다. 분식집에 있는 사람들이 우리를 동시에 쳐다봤다.

"힘들었지? 천천히 먹고 나가자, 아이스크림 사줄게. 오늘 하루 아직 많이 남아 있어요."

바쁜 와중에 어떻게 여기까지 왔는지, 시간은 어쩌면 이렇게 딱 맞췄는지 모르는 채 나는 녹듯이 기뻐했다. 연애의 어떤 순간, 나는 순식간에 아이가 되고 말았다. 매번 조금은 부끄럽고 민망했지만 우리끼리니까, 당신이라서 기꺼이 즐기고 싶었다. 깊이 생각할 필요도 없이 고맙고 달콤한 한때였다.

식당 건너편 아이스크림 가게에서 세 가지 맛을 골라 담고 우리는 곧 헤어졌다. 저녁에는 각자의 일과 약속이 있었다. 당신은 올 때처럼 씩씩한 걸음으로 "안녕!" 하곤 다시 멀어졌다. 김밥을 먹고 아이스크림을 담는 동안 짧고 성급한 겨울 해는 다 지고 없어져 있었다.

하지만 오늘 하루는 아직 끝나지 않았다고 '바스락', 분홍색 아이스크림 봉투가 내는 소리를 들었다.

이제 혼자가 아니어도

═

가족과 함께 평화로운 주말,
바로 대답할 수는 없었던 누나의 질문에 대하여.

═

올해 여름은 하루 만에 지나갔다. 어제부터는 노을이 점점 차분해졌다. 새로 이사한 집은 3주를 넘어가면서 천천히 적응이 됐다. 집과도 친해지는 기간이 필요했다. 해 질 녘 빛은 몇 시에 어느 쪽으로 들어오는지, 아침이 밝은지 오후가 밝은지, 저녁노을은 어디서 봐야 유난히 예쁜지를 천천히 알아가는 시간.

현관을 열고 들어와 부엌과 거실, 서재와 침실을 걸어 다니는 동안 동선이 몸에 익기 시작했다. 서서히 내 공간 같다는 생각이 들기 시작할 때, 앞으로 이 집에서 보낼 몇 년의 시간에 대해 생각했다. 주말엔 어머니와 누나와 조카를 초대했다.

아침저녁으로 온도가 낮아졌다고는 해도 여전히 뜨거운 일요일 오후였다. 나는 에어컨을 켜지 않고 소파에 앉아 책을 읽고 있었다. 라디오를 켜놓고 늦여름 오후의 농익은 열기를 만끽하고 있었다. 한 주의 피로가 나른하게 덥혀지고 있었다. 가족들과는 오후 3시경에 거실에 앉았다. 엄마가 말했다.

"나는 이런 현 솔로가 별로야. 피아노는 괜찮아."

그랬더니 누나가 물었다.

"우성아, 누나 좋아하는 노래 틀어도 돼?"

가족끼리만 나눌 수 있는 대화의 리듬이었다. 괜한 격식을 차릴 이유는 없지만 무례하지는 않은 정도. 누리고 싶은 취향을 굳이 참을 이유는 없는 정도의 편안함. 엄마는 밝은 표정으로 집 안을 천천히 걸으면서 말했다.

"이 집에서는 해가 저쪽으로 떨어지는구나. 바람은 여기서 저기로 부는구나. 좋은 집이니까 좋은 일이 많이 생기겠구나."

일요일 오후의 시간이 한 방향으로 흐르고 있었다. 미리 준비한 빵과 음료를 내 놓고, 누나가 좋아하는 음악을 들으면서 이런저런 이야기를 나눴다. 새 집, 새 소파와 새 탁자에 대한 이야기. 싸게 잘 샀다는 칭찬과 안도, 바람길이 좋아서 시원하겠다는 덕담, 지금까지 미처 몰랐던 서로의 취향을 내 공간에서 알게 되는 그 새삼스럽고 낯선 순간들. 우리가 한 공간에 살았던 수십 년의 시간과 지금 사이, 기꺼이 지키면서 성장해온 것들이 공간을 가득 채우던 주말 오후였다.

"와, 엄마 저 지금 되게 좋아요."

"뭐가?"

"그냥 기분이."

"좋아? 새집이니까 좋지. 기분이 좋으면 다 좋은 거야. 잘했어."

"아니, 지금 이렇게 우리. 엄마랑 누나랑 앉아서 얘기하는 게 너무 좋아."

"그래? 옥수수 갖다 줄까?"

그 고전적인 편안함 속에서 나는 가까스로 다른 계

절이 된 것 같았다. 얼마 전엔 페이스북에 이런 말을 쓴 적이 있다.

"여름이 성장, 가을이 성취라면 나는 언제까지나 여름일 거라고 생각했다. 조금 막막하고 답답한 심정으로 올 여름엔 몇 개의 고비를 숨 가쁘게 넘었다. 성취는 멀고 나는 여전히 넘는 중. 계절은 나를 얼마나 강하게 하려고."

가족과 함께 있을 때도 균형이 필요했던 때가 있었다. 저녁 식사를 하고 돌아오면 짐을 챙겨 혼자 버스를 타러 나갔다. 시내 스타벅스에서 몇 시간이나 책을 읽던 주말을 나는 여럿 갖고 있었다. 일종의 호흡이자 재충전, 삶의 필요조건으로서 반드시 필요한 시간이었다.

하지만 갑자기 차분해진 노을처럼, 나는 다시 낯선 계절로 접어들고 있었다. 일상과 비일상이 환절기처럼 섞이는 기분이었다. 가족과 같이 사는 일이 일상이고 혼자 있는 시간이 비일상이었던 시간을 지나, 다시 가족과 함께 있는 시간 속에서 완연한 소속감과 평화를 동시에 느끼고 있었다. 여전히 가끔은 혼자여야 했지만, 이제 혼자인 시간은 충분한 것 같기도 했다. 내가 나한테 길들여지고 있는 것 같았다.

"결혼은 아직 생각 없어?"

갑자기 누나가 물었다.

"생각 있어. 이젠 괜찮을 것 같아."

실은 막 괜찮아진 참이었다. 일요일 오후에 집에 찾아온 가족 덕에, 평화롭고 인자한 얼굴로 일요일을 나눠준 어머니와 누나 옆에서, 침착하게 앉아서 조곤조곤 말하던 조카를 보면서 새삼 가족을 생각하게 된 것이었다. 그날 오후, 한 번도 구체적으로 생각해본 적 없는 미래가 거실에 있었다. 말복도 입추도 지나 있었다. 다음 주가 처서였다. 저녁 시간이 점점 가까워지고 있었다. 더위가 채 가시지 않은 여름이었지만 걷기에는 나쁘지 않았다.

"우리 나갈까요? 천천히 걷다가 저녁 먹어요."

우리 가족은 걸음걸이부터 닮아 있었다. 당당한 어깨, 보폭의 활기, 느슨하고 여유 있지만 누구 뒤에서 걸을 것 같지는 않은 타고난 기세 같은 것들이. 엄마의 걸음걸이에는 그런 기품이 있었다. 그 자세를 내가 닮았다.

누나의 걸음걸이에는 부드러움이 있었다. 치마가 좌우로 흔들리는 모양이 우아하고 낭창했다. 팔이 앞뒤로 흔들리는 모양에는 타고난 여유가 있었다.

우리는 한강 쪽으로 걸을까 시내로 걸어 올라갈까 하다가 식사 먼저 하기로 했다. 가끔 혼자 가서 저녁을 먹곤 하던 식당에 다 같이 들어가 음식을 주문했다. 밑반찬을 하나하나 맛보다가 누나가 물었다.

"근데 우성아, 한 사람이랑 앞으로 60년 이상 살 수 있겠어?"

"응? 아, 결혼? 근데 60년이나 살아?"

"이제 너희 세대는 100살까지 산대. 그럼 60년 넘게 같이 사는 거지."

어쩌면 아주 본질적인 질문이었다. 결혼에 대해 생각할 때마다 떠오르는 질문이기도 했다. 결혼은 서로가 서로에게만 몸과 마음을 허락하겠다는 아주 개인적이면서도 배타적인 약속이니까. 나는 바로 대답할 수 없었다. 하고 싶은 말이 너무 많아서 그랬는지 무슨 말을 해야 할지 잘 모르겠어서 그랬는지는 모르는 채 일단 말했다.

"아직 그렇게까지는 생각 안하려고. 너무 먼 미래 같아."

누나는 잘 모르겠다는 표정을 짓다가 이내 웃으면서 식사를 이어갔고, 누나의 질문은 가족들이 다 떠난 후에도 머릿속에 또아리를 틀고 있었다.

결혼이 어떤 행복도 보장해주지 않는다는 건 이제 상식이 되었다. 최근 나갔던 몇몇 모임에선 결혼은 불행해야 마땅하다는 듯한 태도가 지배적이었다. 사람들은 "결혼해서 좋아?"라는 질문에 "네, 너무 좋아요"라고 대답하면 "으이그, 초반이라 그래. 더 살아봐야지" 같은 말을 아무렇지도 않게 했다. 그게 한국적 커뮤니티의 기준 같았다. 술자리는 누가 더 불행한지 겨루다가 다 같이 넝마가 된 것 같은 마음으로 마무리되곤 했다.

한 사람을 평생 사랑하는 일은 판타지에 가깝다는 걸 인정하면서도, 안 하고 후회하느니 하고 후회하는 편이 낫다는 식으로 합리화 하는 함정으로서의 결혼. 다 지겨웠지만 어느 것 하나 무시할 수는 없는 우리 모두의 다큐멘터리. 이걸 다 알면서도 결혼을 결심한다는 건 뭘까? 유니콘이 우리 집에만 찾아올 거라는 동화적 믿음? 올해는 산타클로스를 만날 수 있을 것 같은 기대?

얼마나 이어질지도 모르는 미래를 가늠하면서 미리 질리느니, 오늘만 사는 감각으로 좋은 순간들을 알아채고 받아들일 수 있는 사람이 되고 싶었다. 명상하는 사람처럼 지금, 여기에만 몰입할 수 있는 방법을 터득하고 싶었다. 지나간 일은 지나간 그대로. 아직 다가오지 않은 일은 또 모르는 그대로 그 자리에 두고 싶었다. 사람과 사람 사이의 일이었다. 누가 통제할 수 있는 일도, 애써서 되는 일도 아니었다.

미래는 60년 후나 내일 모레나 평등하게 막연했다. 일주일처럼 흐르는 하루가 있는 것처럼, 지나고 보면 하루처럼 흘러버리는 60년 또한 있는 거라고 생각했다. 두렵지 않다면 거짓말. 영원한 사랑을 믿는다는 말도 거짓말. 매일매일 행복하자는 다짐에도 근거가 없다는 걸 안다.

하지만 시간은 공평하고 또 상대적이라는 사실이야말로 아름답지 않나? 어떤 행복은 잿더미처럼 쌓여 있는 완벽한 회의 속에서만 가까스로 찾을 수 있다는 사실도 이제는 안다. 외로움을 이해하는 사람이 관계 또한 배울 수 있고, 불행을 아는 사람만이 행복을 소중히 여길 수 있는 거니까.

나는 매일 변하고 있었다. 내가 사랑하는 사람도 매일 변할 것이다. 변하는 것이 사람의 일이라면 나는 그저 조용히 강해지고 싶었다. 이런 하루나 저런 60년이나, 당신이라면 괜찮을 것 같다는 믿음 그 자체만이 중요한 거라서.

가족이 떠난 저녁은 고요했다. 나는 오랫동안 그래왔던 것처럼 다시 혼자였다. 산책을 다녀올까 일을 할까 망설이면서….

당신의 목소리를 들을 수 있는 밤 10시를 기다렸다.

에필로그

우리가 서로를 부르는 이름

―

걷고 또 걸었던 주말, 당신께 드리고 싶었던 편지

―

당신과 만나는 날은 늘 운동화가 어울렸습니다. 처음 만났던 날도 그랬던 것 같아요. 우리는 행정구역을 몇 개나 넘나들면서 산책했습니다. 용산구와 종로구, 동대문구를 유유히 가로질렀어요. 저녁 식사를 마치고 걷기 시작했는데 헤어질 땐 늦은 밤이었습니다. 오후 3시쯤 커피를 한 잔 마시고 걷기 시작했던 날은 어떤 성곽에서 노을을 봤죠. 서울 한복판에서 그런 노을을 볼 수 있을 거라고 생각한 적은 한 번도 없었습니다. 높은 곳에서, 우리는 둘 다 숨이 찼어요. 그때 봤던 당신 볼에 노을이 있었습니다.

실은 늘 조심스러웠어요. 어떤 이별도 실패는 아니라고 생각하지만, 이미 아는 상처를 반복해서 주고받는 일은 낭비 같았기 때문입니다. 차라리 혼자인 편이 좋아요. 이런 시대에 굳이 둘일 필요는 없는 것입니다. 불안하게 함께이기보다 온전한 혼자일 때의 행복이 더 소중하잖아요? 그 편이 평화롭기도 하고요. 집 밖으로 한 발만 내딛으면, TV만 보면, 컴퓨터만 켜면 불쾌가 넘실대는 세상이잖아요. 거기에 또 하나의 부담을 보탤 이유는 없는 것입니다. 연애의 본질은 사실 불안일 테니까요. 어느 날, 당신이 이런 말을 했습니다.

"내가 생각을 해봤는데요. 나아~중에 우리 늙어서 당신이 먼저 죽으면 나는 못 견딜 것 같아."

"나도 그럴 것 같아. 그런데 그런 생각을 다 했어요?"

"그래서 내가 먼저 죽는 게 좋겠어. 당신이 나보다 좀 먼저 태어났지만 갈 땐 내가 먼저다! 괴로워도 당신이 괴로운 게 낫지!"

비장하다면 비장할 수 있는 얘기를 이렇게 명랑하게 나누면서 우리는 얼마나 크게, 또 많이 웃었는지요.

이렇게 사랑하면서 서로의 죽음을 생각하는 마음은 또 얼마나 정직했는지요. 지금은 자연스럽게 같이 있지만 언젠가는 반드시 혼자가 된다는 사실을 안다는 건 행복일까요, 불행일까요? 그런데 누가 죽으면 사랑도 끝날까요? 우리는 언제까지 사랑할 수 있을까요?

인간이 입체적이라면 사랑도 그렇지 않을까, 요즘은 생각합니다. 인간이 하나의 얼굴에 갇혀서 여러 개의 내면과 화해하며 살아간다면 사랑은 얼마나 많은 얼굴을 하고 있을까. 어쩌면 우리는 사랑이 새로운 얼굴을 보여줄 때마다 당황했던 건 아닐까.

노을이 점점 짙어질 때 즈음 우리는 산 반대편 동네로 걸어 내려왔습니다. 좋은 식당이 있는 동네까지 다시 산책하면서 그날의 저녁 식사에 대해 생각했어요. 같이 걷는 길, 같이 먹는 음식, 그렇게 보내는 하루. 우리가 보낸 몇 개의 계절이 밤처럼 깊어졌습니다. 갑자기 싸늘해진 날이었어요. 앞으로 만날 무수한 계절에 대해 상상하면서, 같이 잡은 손을 코트 주머니에 넣었습니다.

가끔은 당신의 숨소리를 들으면서 생각합니다. 나는 당신의 호흡을 사랑해. 나는 당신의 시간을 사랑해.

그러니 우리가 같이 숨 쉬는 동안에는, 사랑이 어떤 표정을 지어 보여주더라도 놀라거나 도망치지 말자고 조용히 다짐합니다.

"애인, 굿모닝! 잘 잤어요?"

"응! 푹 잤어요. 당신도?"

당신과 내가 '우리'라는 단어에 익숙해질 무렵부터, 우리는 서로를 애인이라 부릅니다. 매일 아침이 오늘처럼 평화로울 리 없겠지만, 우리는 엄연히 불안을 딛고 있다 해도. 지금처럼, 서로 애인이라 부르면서, 어디까지나 서로의 애인으로 살자고 호흡처럼 생각합니다.

사랑하는 사람. 당신은 나의 애인입니다.

—

나는 당신의 호흡을 사랑해.
나는 당신의 시간을 사랑해.
그러니 우리 같이 숨 쉬는 동안에는,
사랑이 어떤 표정을 지어 보여주더라도
놀라거나 도망치지 말아요.

—

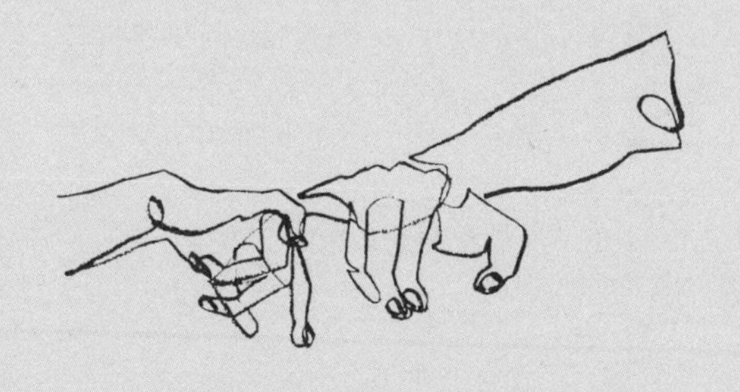

내가 아는 모든 계절은 당신이 알려주었다

초판 1쇄 인쇄 2019년 11월 22일
초판 1쇄 발행 2019년 11월 30일

지은이 정우성
펴낸이 이상훈
편집인 김수영
본부장 정진항
마케팅 조재성 천용호 박신영 조은별 노유리
경영지원 정혜진 이송이

펴낸곳 한겨레출판(주) www.hanibook.co.kr
등록 2006년 1월 4일 제313-2006-00003호
주소 서울시 마포구 창전로 70(신수동) 화수목빌딩 5층
전화 02) 6383-1602~3 팩스 02) 6383-1610
대표메일 book@hanibook.co.kr

ISBN 979-11-6040-326-8 03810

• 책값은 뒤표지에 있습니다.
• 파본은 구입하신 서점에서 바꾸어 드립니다.

만든 사람들
기획편집 허유진
디자인 정현